敗戦

岩見隆夫

Takao Iwami

満州追想

原書房

敗戦〜満州追想

黒龍江
ソビエト連邦
ハバロフスク
黒河
孫呉
満州里
ハイラル
佳木斯
虎頭
虎林
東安
ノモンハン
チチハル
綏化
松花江
阿爾山
沿海州
モンゴル人民共和国
ハルビン
牡丹江
興凱湖
東寧
寛城子
内蒙古
万宝山
新京（長春）
間島
四平
公主嶺
敦化
延吉
張鼓峰
ウラジオストク
沙河
柳條湖
奉天（瀋陽）
撫順
通化
義州
鞍山
本渓湖
承徳
錦州
遼陽
山海関
営口
湯崗子
安東（丹東）
朝鮮
日本海
葫蘆島
大石橋
中華民国
北平（北京）
鴨緑江
平壌
関東州
金州
大連
旅順
天津
黄海
0
200km

満州国略地図

はじめに

いまごろ、〈敗戦～満州追想〉を書く気になったのはほかでもない。旧大連市で生まれ育ち、敗戦を迎えてから、祖国の日本に引揚げるまでの濃密な約一年半は、私の人生の原点だった。あの体験がなければいまはない、と秘かに思ってきた。しかし、まったくの私事《わたくしごと》だ。

時が流れ、私は七十七歳である。このまま消えてもいい。だが、最近になって胸が騒ぐ。あの体験を一個人の私事にしてしまっていいのか、と。この国を取り巻く近況はいかにも危うい。二十一世紀、私たちの子や孫は否応なく苦難の道をたどらざるを得ないだろう。その時、支えになるのは歴史と体験から読み取った民族の知恵であるはずだ。

一体、あの戦争は何だったのか、としきりに思う。日本が仕掛けた侵略戦争で片づける訳にはいかない。はっきりしていることは、国際社会のきわどい利害衝突の中、一島国が懸命に泳ぎ抜こうとした結果だった。錯誤もあったが、理想もあった。しかし、二度と戦争を避けるべきは当然だし、もっと避けるべきは敗戦なのだ。

これからお届けする〈敗戦～満州追想〉レポートは、現代史の中のほんの私的な一コマに過

イラストを描いた著者の実姉・田辺満枝氏の眼には、満州の懐かしい景色が、いまもはっきり焼きついている。「大連から北に向って一人で汽車に乗った時、見渡す限りのコーリャン畑に、大きな夕日が沈む光景をうっとりと眺めました」

ぎない。敗戦からの約七十年は空白のように見えて、空白でなかった。戦後の営みの中、戦争観が日ごとに熟成された期間だったように思う。以上が記録に留める気になった理由だ。多くのコマの寄せ集めが、これからの示唆になればと願っている。

本書のイラストを描いた田辺満枝は、私（岩見隆夫）の四人の姉の一人で、一九二七（昭和二）年、満州大連市生まれの八十六歳。郷里の山口県防府市に在住している。引揚げまで二十年間の満州生活の記憶は強烈らしく、老境に入ってから絵を描き始めた。俳句、ちぎり絵などが趣味。

敗戦〜満州追想　目次

敗戦〜満州追想

1　引揚げ船出港前夜

酷寒、零下一〇度を相当下回っていただろう。一九四七（昭和二十二）年二月十三日の日付を、私たち岩見家一家七人は終生忘れることができない。といっても、いまではすでに父母、姉二人の四人が他界、三人が生き残っているだけだが。

正確には午後五時、引揚げ者一千七百人を船底に詰め込んだ貨物船〈北鮮丸〉が大連港の埠頭を出港した。家族七人はそれぞれの背丈に合った大きさのリュックサックを背負い、乗船したのだが、心中は一種の限界状況だった。

〈これでやっと生きて帰れそうだ〉

と心躍り、気持ちがはやる。

だが、本当に日本にたどりつけるのか。冬季、玄界灘の波風がやたら激しいことは、当時十一歳の私でも知っていた。こんなオンボロ船でうねる荒海に耐えられるのか。しかし、だれもそんなことは口にしない。乗るしかほかの選択はなかった。

持てるだけの荷物として、リュックは引揚げ者に許された唯一の携帯品だった。だが、わが

自宅のカーテンを外してリュックを作る様子。

家族の場合、どこでリュックサックを調達したか、私の記憶にない。

「あれはね、家のカーテンを全部はずして、お母さんがシンガーの手ミシンで縫ったのよ」

と最近になって三女の姉、田辺満枝（当時二十歳、現在八十六歳）が語るのを聞き、初めて知った。

私たちが最後に住んだ大連市鳴鶴台一六〇番地の思い出が詰まった家、ペチカ（暖房装置）があったなあ。うっかり触って何度もヤケドした。すぐ裏には塀一つ隔てて支那人（中国人なんて呼称はまだない）部落、いつも彼等とあいさつを交わした。割合仲よく付き合っていたんだ。しかし、彼等が当時、日本人にどんな感情を抱いていたか、それはのちに知ることになる。

とにかく、母はあの部屋のカーテンを取りはずしながら、往時を偲び、大連そして点々と渡り歩いた満州の日々との別れを痛切に惜しんでいたに違いない。

引揚げ時、二階の各部屋には、満州の奥地から避難して来た数家族が住みついていたから、階下のカーテンだけだったのだろう。

一年半ぶり、最後のコメ

ここで、母の安子に少し触れておいた方が、話が進めやすい。

安子は一九〇一（明治三十四）年に生まれ、二十歳で父・長久《ながひさ》と結婚、郷里の山口県防府《ほうふ》市から満州に渡った。昔の母親は多産で、大連生活の間、一二一（大正十一）年に長男を生んでから三五（昭和十）年、末っ子の私を出産するまで、なんと十三年間に四男四女計八人をもうけている。長男と三男が幼くして死去、新京（現長春）に嫁いだ長女を除く五人を引き連れての引揚げ行だった。引揚げ後も半世紀近く生き抜き、一九九二（平成四）年九十歳で亡くなった。

余談だが、あのころの母親はたくましかった。敗戦を挟み、日本社会でもっとも大きく変わったのは母親像だというのが私の持論である。戦争と敗戦を語る場合、男性史になりがちで、それに異存はないが、女性、特に母親の強靭と献身をはずすと、正確さを欠くのではないか。

出港前後の私の記憶は断片的である。大連市西部（嶺前地区といった）の住民に引揚げ指令が出て、近くの小学校前の広場に集合したのが、出港五日前の二月八日朝である。家を出る前、母が多分前夜につくった冷たいオニギリを一個ずつ食べた。敗戦の日から約一年半、一度も口にできなかったおコメである。コメは日本から届かなくなり、コーリャンとトウモロコシが主食にとってかわっていた。母は少量の〈最後のコメ〉を大切に保存していたのだ。

集合地からトラックで検疫所に運ばれ、最初の収容所に着く。満枝の記憶によると、「検疫所では風呂に入れられ、脱いだ着物は全部消毒された。シラミなんかを殺すためだと思う。忘れられないのは、収容所で気前よく一人に一匹あてがわれた蒸した塩サバでね。それが食べられなくて、全部吐き出した。内地（日本）に帰ってからも、当分サバはだめでした」という。

次々と「死」が

十日、荷物検査。そこで私たちが「ロスケ」とひそかに蔑称していた軍服のソ連兵と初めて向かいあうことになった。ソ連兵との葛藤ドラマはいずれ詳述するが、ここでは真面目そうに見える兵隊たちがリュックを乱暴に逆さまにして、荷物を放り出したりしていた。一人一千円までの現金の持ち帰りが許されていたが、ソ連兵の狙いは金品を没収してポケットに入れることにあったらしい。私たちは緊張した。難癖をつけられ、

「帰国中止……」

と宣告でもされたら、運の尽きだ。私が便意を催し、検査所の外の簡易トイレに入ると、下方のウンコがたまった上に紙幣が何枚も落ちていた。だれかがそれをかき出す針金器具が動くのも見えて、ぞっとした。摘発を恐れた引揚げ者があわてて紙幣を捨てたのだ。

二男の兄、岩見一右《かずすけ》（当時、十四歳、現在八十歳）も、

「腹をこわして、何度も便所に行った。小便が凍ってツララになり、それを取り除くのに難儀した。マイナス一〇度ぐらいだったのではないか」

と、恐ろしいほどの寒さにさらされながら、引揚げという民族の大移動が行われた異常体験の片鱗を語っている。

翌十一日、大連埠頭の収容所着、だだっ広いコンクリートの床があるだけで、暖房はない。岸壁を目の前にしながら、極寒の中、一千七百人が二晩も古畳を立てかけて寒さを防ぎ、身を寄せ合って船を待った。東洋一の規模を誇った埠頭が、非情な建物に映る。

「あそこもお気の毒に……」

というささやきを何度も耳にした。お年寄りと幼子が次々に死んでいく。やっとここまで来

「日本に引揚げる途中で、極寒の大連の埠頭で夜明かしをしました。用意された畳の一枚を床に敷き、寒さ除けの二枚を立てかけて、その中にもぐって抱き合って寝ました」

たのに、と家族の思いは悲痛を超えていただろう。

哺乳びんを持ってお湯を探し走る母親の姿が忘れられない。わが家には年寄りも乳呑子《ちのみご》もいないことは救いだった。〈北鮮丸〉の出港前夜、壮絶な死との戦いだった。

そして、同じころ、満州各地では、もっと悲しく酷薄な地獄図が繰り広げられていたのだ。すべては戦争のなせる業《わざ》である。

2　ああ、祖国

海を渡る、というのはどういうことなのか。当時の私には見当もつかなかった。ただただ恐怖と好奇心だけが先に立ち、身の縮む思いだった。

私たち一家を乗せた引揚げ船、貨物船〈北鮮丸〉は、一九四七（昭和二十二）年二月に一路南下、長崎県の佐世保港に向かったのだが、戦後、父、長久が一九七八（昭和五十三）年、八十九歳で死去したあと、母・安子が書き残した自伝風のメモには、

〈北鮮丸で内地に向かう主人は四十年、私は二十八年を過ごしたなつかしい大連、感無量だった。あまりにもあわれだったが、自分たちには立派な子宝があると強く心に誓った〉

としか書かれていない。老母は無我夢中だった船旅の記憶が薄れてしまったのか、思い出したくないのか。

狂気の船中

船底で、たたみ半畳ほどの板敷の上に、家族七人が身を寄せ合い、団子状態で寝ることになった。周囲にかいこ棚があり、どこも人の塊《かたまり》で、たえず異様な臭気が立ちこめている。それに耐えられたのは、船が沈むのじゃないかという恐怖と、船酔いで意識がもうろうとしていたからだろう。揺れの激しさは尋常でなく、たえず、

「ギッギッギッギッ……」

と気味の悪い軋《きし》み音が鳴り続けた。

簡易トイレが甲板にあった。船底から長い階段を甲板までよじ登るようにたどるのは、死にもの狂いという表現が当たっていた。

時折り、

「飯上《あ》げっ！」

と食事を知らせる声がかかるが、食べる人は少なかった。

大連港の収容所と同じく、船内でも死者が出た。姉、満枝の記憶では、お年寄りが三人亡くなったという。そのつど、船員らしい人が、

「いまから水葬にいたします」

と宣言し、細い階段を綱でしばられた遺体の包みが、三、四人の手で引っ張り上げられていった。一同、茫然《ぼうぜん》と頭を垂れるしかなく、なんとも救いのない光景だった。

多分、〈北鮮丸〉は木の葉のように波間を漂《ただよ》いながら進んでいたのだろう。船酔いの一方で、約一千七百人の引揚げ者の一部は明らかにすさんでいた。心理的な限界状況の中で、それは仕方のないことだった。

鮮明ではないが、私の目に確実に焼きついている情景がある。ある日、一種の人民裁判というか、つるし上げが船中で行われた。持ち帰るお金は一人一千円までと決まっていたのに、大金を隠し持っている男が見つかったのだ。

階段は鈴なりになり、

「やっつけろ」

などと殺気立った怒鳴り声が乱れ飛んでいたように思う。結末は定かでないが、兄の一右《かずすけ》は乗り合わせた友人から、

「殺人があったらしい」

と聞いたという。一歩間違うと、狂気の集団になりかけていたのだ。

引揚げ船から初めて見た日本。

あとから記録を見ると、大連港からは敗戦翌年の一九四六（昭和二十一）年十二月三日、第一船の〈永徳丸〉が約三千人を乗せて出港して以来、翌四七年三月三十日の最終船〈恵山丸〉まで、引揚げ船は七十六回に及んだ。私たち一家は中間あたりの二月十三日出港だが、〈北鮮丸〉も前後三回往復して四千三百人を送り届けている。七十六回を通算すると、二十万三千人にのぼった。

毎回、引揚げ者たちは似たような船中の異常体験をしたのである。戦い終わってもなお、死と背中合わせの苛酷な試練だった。

しかし、玄界灘の荒海は私たちを揺さぶり尽くしながらも、命は奪わなかった。十七日早朝、つまり四泊五日のあと、船内に、

「陸が見えたらしい」

というささやきが伝わった。

みんなが我を忘れたように急階段を駆け昇った。遠景に

温暖な佐世保を歩き大根畑にも心和んだ。

うっすらと陸地らしい影が見てとれる。

「あれ、日本だな」

と口々にいい合った。近づくと、山がある。木も見える。

「おお、木があるじゃないか」

「全部青いぞ」

青いはずはないが、とにかく緑の木々がパッと青い世界になって目に飛び込んできたのだった。

「これはまるでおとぎの国だっ！」

というのが私の強烈な第一印象である。初《はっ》にお目にかかるわが祖国はこんなにも美しいのか。こんなにも輝いているのか。なにしろ、満州の黒い岩山だけを見て育ったのだから、無理もない。敗戦等どこかに吹っ飛んだ一瞬だった。

佐世保港外にもう一泊、翌十八日朝、上陸を開始した。

「陸に上がって、まずびっくりしたのは大根でしたね。緑の葉っぱの大根が畑に植わっている。すごいなあ、この寒い二月に大根なんて、と。心温まる光景でした」

と満枝は六十四年前の大根ショックを繰り返した。

満州と大連はやはり異郷だったのだ、という実感を、木々や大根で真っ先に知らされることになった。

初めての故郷「日本」

まず、検疫所で粉末殺虫剤ＤＤＴの洗礼を受けた。アメリカ兵が巨大な注射器のような筒を背中に突っ込んで、さっと注ぎ込む。若い兵隊の青い目を初めて見た。

この段階で、兵隊たちが占領軍であり、わが祖国が占領下にあることは、頭でわかっていても、もう一つピンときていない。なぜなら、ほんの一週間ほど前にはロシア兵の検閲を受けて出港し、そこに至る約一年半は、中国兵とロシア兵による掠奪等数々の蛮行に悩まされ続けたのだから、大連はまぎれもなく進駐兵によるむごい占領下にあった。

しかし、九州の良港、佐世保の周辺はのどかで、風もなんとなく暖かく、死の恐怖から解放された安堵《あんど》と喜びは、十一歳の私にもはかり知れないほど大きかったのである。同じ〈占領〉でも、地獄から天国に這《は》い出て来たような、万歳、万歳の気分だったのだ。実際に、

「万歳！」

と叫んだ訳ではないが、船から上陸した引揚げ者の行列のどの顔にも、脱出成功の歓喜があふれ出ていた。

ついで、佐世保引揚援護局と称する建物でとりあえず荷を降ろす。私たちは〈引揚げ寮〉と呼んでいたが、あとで旧軍の佐世保鎮守府管轄針尾海兵団の施設を転用したものとわかった。いま、跡地が観光用のハウステンボスに生まれ変わっている。

その寮で、

「イカと大根を炊いたのと、白米のご飯がとてもとてもおいしかった。忘れられません」

と満枝はいい、またも大根だが、兄と私には記憶がない。

二十日午後、佐世保市郊外の南風崎《はえのさき》駅から引揚げ列車に乗った。先の母のメモには、〈ひどい列車だった。自由に便所にも行かれず、バケツを回して用をたした。食事が悪く、隆夫はお腹をこわし、心配する〉

とあるが、生涯、こんな汽車の旅は始めの終わりだろう。車内は積み込まれたリュックサックやズックのふとん袋などで埋まり、私たちは荷物と天井の間の隙間に、腹這いのようになっ

引揚げ者は佐世保に上陸の後、列車で博多に向う。「引揚げ列車の中は、荷物がいっぱいで、私は荷物の上に乗っていて身動きが出来ず、トイレに行きたくても行けませんでした。博多に着いた時は、我慢に我慢をしていた女性たちは、ホームにガムシャラに降りて行って、線路に向って用を足しました。私も夢中で動きました。駅員さんが後ろで怒鳴っていたのを覚えています。何とも恥ずかしいことでした」

て乗った。私は下痢に悩まされ、駅に着くたびに窓からホームに飛び降りて用をたすしかなかった。

翌二十一日午前四時、山口県防府《ほうふ》市の三田尻《みたじり》駅（現防府駅）に降り立つ。初めて見る故郷だが、真っ暗だった。とにもかくにも、一家七人の引揚げ行のゴールである。

叔父の出迎えを受け、叔父宅に一泊、翌朝、風呂に入り、白米のおかゆをいただいた。このおいしかったこと、到底文字に表すことができない。

3　ソ連の侵攻

敗戦下の大連、そして満州に話を戻す。国破れて何が起きたか。

敗戦の日の記憶はおぼろげである。というより、敗戦等あるはずがない、というのが内地、外地にかかわりなく、あのころの軍国少年の共通心理だった。

なにしろ、私は小学校の引率《いんそつ》で『海軍』という戦意高揚映画を見せられ、それに圧倒されて、江田島（広島県）の海軍兵学校を目指す以外に、自分の道はないと勝手に決め込んでいた。兄は帝国陸海軍の戦闘機の型をいろいろ知っていて、画用紙に微細に描き、何十枚もたまっていた。〈神国日本〉という言葉を知っていたかどうか、とにかく神風が吹く特別な国、という意識は十分にゆき渡っていたのだ。

一九四五（昭和二十）年八月十五日の昼下がり、一つだけ記憶に残っている情景がある。私はいつもの通り、自宅の近くで遊んでいた。突然、空地を隔てた隣家のおばさんが飛び出して来たので、身構えた。同級生で足に障害のある一人息子を年中口汚く罵り、近所付き合いが悪く、嫌われおばさんだったからだ。

うつむきながら、玉音放送に耳を傾ける家族。雑音で聞き取れなかったが、日本が戦争に負けたことだけはわかった。

ところが、この時はさめざめと泣いていた。いつもならジロリとにらみつけるのに、私の手をつかみ、

「負けたのよ、おー、おー……」

と泣き止まない。えらいことになったんだ、と初めて異変に気付かされた。

ほかの兄弟は別の経験をしている。姉の満枝ら家族は、大切な放送があるからと、ラジオの前に座らされた。しかし、正午になっても、ラジオは、

「ピッピッピッピー」

と雑音を発するだけで、さっぱりわからない。天皇陛下の玉音放送があったのは、あとで知ることになる。だが、父は、

「戦争は終わったんだよ」

とおごそかにいい渡したという。当時、父は

木工品会社の重役で五十六歳、大人社会では別の情報が流れていたのだろう。家族にも敗戦を予告するようなことを事前に漏らしていたそうだ。

一方、中学一年の兄・一右《かずすけ》は登校中で、

「なにか重大放送があるらしい」

と噂が流れ、みんなで近所の民家に聞きに走ったが、そこにはラジオがなかった。教室に戻ってから先生に聞かされ、みんな泣いた。軍国少年たちの純粋な号泣だった。

同じ家族でも、それぞれの敗戦である。この日を境に、大連の街と人は一変した。そして満州も、日本も――。

天地を揺るがす地鳴り

大連市民にとっての敗戦体験は、共通して〈巨大な戦車〉の恐怖で始まっていた。七十年近い時が流れたいまも、私の耳底にはあの、「ゴー、ゴー」か「ガー、ガー」か、とても形容しがたい連続的な轟音《ごうおん》が残っている。天地を揺るがす地鳴りのように、それは聞こえた。

姉は、

「恐ろしかった」

といい、兄は、

「圧倒された」

と言葉少ないのが、恐怖の深さを物語っている。

敗戦の日から一週間ほどだから、ただただ右往左往のさなかだった。八月二十三日か二十四日の夜中である。私の自宅は大連市の最南端、風光明媚な景勝の地〈老虎灘《ろうこたん》〉近くの高台にあった。坂を下ると川があり鶴前橋という橋が架かっている。同名の市電停留所があって、南北に電車通りが走っていた。

その通りを、ソ連軍の戦車隊が列をなし、何十台となく行進していった。こわごわ見に行くと、大きな車体は砂ぼこりにまみれ、ぼろぼろの袋が車体のあちこちに括《くく》りつけてある。

もう一つの恐怖は、天蓋《てんがい》をあけて車体の中から姿を現したソ連兵の異様さだった。上半身が裸、マンドリン型の銃を構え、いつ発射するかわからないような形相で、あたりを見回している。腕には青い入れ墨があった。

隊列が通過したあと、道路はデコボコに壊れ、マンホールのフタが飛び散っていた。兄が通学していた大連三中がソ連軍の兵舎に没収され、戦車群はそこに集結したらしかった。

あとで、ソ連兵が、

「我々はヨーロッパ最前線でドイツを降伏させた後、休息をとる間もなくシベリアを横断、満

大連の夜の街を、轟音を立てながら戦車が次々と通って行く。暗闇の中で、街路灯が淡く道路を照らし、戦車の不気味な姿を見せていた。

州を南下し、大連に到着した」と住民に語っていたことを知る。

とにかく、とてつもない戦車の巨大さと侵攻の早さに、私たちは凶暴な大国・ソ連の臭いを嗅ぎとり、たじろいだ。兵器図鑑等で見る日本軍の小ぶりの戦車隊の二回りも三回りも大きく見えたのだ。

のちに調べたところによると、進駐の戦車はT34型といい、一九三九（昭和十四）年に完成し、二年後のモスクワ攻防戦で大活躍、〈無敵の戦車〉として世界に名が轟いた。全重量二八トン、全長六・五メートル、車高二・四メートル、榴《りゅう》弾《だん》*と徹甲弾《てっこうだん》*を発射できる二目的の優れた火砲を備えていた。この戦車に苦しんだドイツ装甲部

*榴弾…内部に炸裂用火薬を詰めた砲弾。
*徹甲弾…装甲を貫通するよう設計された砲弾。

隊の司令官は、

「世界でもっとも優れた戦車だった」

と述べたという。

「裏切り」と「復讐」の修羅場

ソ連軍はT34型を約五千両満州全域に投入したといわれた。このうち何台が旅大地区（旅順と大連）に進駐したかは明らかでないが、過半数に達したことは間違いない。兵士も八月末までに約一万人が旅大に進駐した。

ドイツ戦線から三カ月かけてシベリアを突っ走り、満州各地で白兵戦を交えてきたばかりの荒くれ兵士たちが穏やかであるはずがない。私たちは狼藉《ろうぜき》を覚悟しなければならなかった。

どの家庭でも、

「いざとなれば、どこに逃げるか」

と防衛策が緊急に話し合われた。わが家も年ごろの娘が三人いる。避難場所には、裏庭の畑をつぶしてつくった防空壕か、日ごろ親しくしていた裏の支那人部落に匿《かくま》ってもらう案等が検討された。戦時中使わなかった防空壕が敗戦後に役に立つかもしれないというのも、笑うに笑えない皮肉な話だった。

「こんど進駐して来た先遣隊のロスケ（ソ連兵）は囚人兵ばかりらしい。粗暴で何をするかわからないぞ」

といった街の噂が私たちの耳にも頻々《ひんぴん》と入ってきた。

その噂はすぐに現実のものになった。噂以上の修羅場が繰り広げられたのだ。

同時に、支那人たちが不穏な動きを見せはじめた。

私の家のすぐ近くでブリキ屋を営んでいた支那人の主人は好々爺に見えたが、ソ連軍と前後してパーロ（中国共産党の軍隊。中国国民革命軍第八路軍の略）が進駐して来ると豹変し、掠奪の案内役をつとめた。いまにして思うと、積年の差別の怨念を晴らす復讐だったのだろう。

「隠れキリシタンじゃないけど、隠れパーロだったんだね」

と私たちは話し合ったが、ソ連兵の蛮行はそんな話をする暇《いとま》も与えなかった。

4　ソ連兵の狼藉《ろうぜき》

〈隠れパーロ〉について、書き残したことがある。パーロは中国国民革命軍第八路軍の略、私の家の近所でブリキ屋を営んでいた好々爺風の主人が、パーロが進駐して来ると豹変し、日本人に対する復讐の鬼になったのだ。

あの陰惨極まる情景は忘れようがない。書くべきかどうか、多少逡巡《しゅんじゅん》もあったが書くことにした。敗戦の日から間もない某日の朝、家の外に出てみると、前の坂道を二人の男が前後に重なるようにして、ゆっくり走りながら上って行く。うしろの男はまぎれもなくブリキ屋の主人だった。右手にしっかり包丁が握られていて、私はドキリとした。

前の男は中年の日本人だが、顔を知らない。ブリキ屋は男の背中をチクチク刺しているように見え、男の顔にはじっとり脂汗がにじんでいた。

「黙って走れ」

と、うしろから脅されているのだろう。話はたちまち広まり、どの家の中からものぞき見しているが、止めに入れるはずもない。二人組は私たちの街を三十分くらいで一巡すると、また同じ坂を上って行く。昼が過ぎても続いている。

日本人男性の顔は恐怖でゆがみ、疲労が極限に達していた。崩れ落ちそうになると、うしろから蹴られる。夕闇が迫っても、ブリキ屋は止めようとしなかった。なんとも形容しがたい、残酷で異様な目撃体験だった。

かつて日本人男性に侮蔑されたのか、ブリキ屋には深い怨みがあったのだろう。しかし、個人的な怨みを晴らすというよりも、明らかに見せしめだった。いまにして思えば、男性は日本人社会の右代表にされたのだ。結末がどうなったのか、知る方法もなかった。


前後して、道路をへだてた区長の豪邸が見るも無惨に荒らし尽くされた。やはりブリキ屋の先導で、一群がトラックで乗りつけたのである。あとでこっそりのぞきに行ったが、家財の掠奪というより、メチャメチャにつぶしたといったほうがいい。二階建ての広壮な邸宅の全体がまるでゴミ箱のようになっている。荒らし方にも怨念がこもっていた。老区長のNさん夫妻はその後、姿を見ることがなかった。

「区長が殺されたらしい」

という噂だけが流れた。

洗面器でソ連兵を撃退

さて、私たちが恐怖と侮蔑、それから憎しみも混じった感情で、

「ロスケ」

と呼び捨てたソ連兵は、大戦車隊の轟音で私たちの肝を冷やしたあと、欲望を満たすための悪事に及んだのだ。同じ生活圏にいた支那人とは面識も感情の交流もあり、日本人側には統治時代の後ろめたさのようなものも生まれかけていたが、ソ連兵には日ソ不可侵条約を一方的に破って闖入《ちんにゅう》して来た、荒くれの侵略者という恐怖の感情しかなかった。

ソ連兵たちは三人組になって、昼夜の別なく日本人宅を襲い出した。玄関をどんどんたたく。私たちは錠をしっかりかけて開けない。

「時計を出せ」

「女を出せ」

の二つが決まり文句のような要求だった。

早く帰らせるために腕時計を渡す家もかなりあった。片腕に十個以上の腕時計をはめている兵隊を見たことがある。いまと違ってネジを巻く時計だが、彼等は初めて見るものだからネジ

家の近所にソ連兵が現れると、皆で洗面器などをたたき続けた。何度も必死でたたいたので、ホーローの洗面器もボロボロに剥がれた。

も知らない。針が止まると壊れたと錯覚して投げ捨てた。笑い話みたいだが、ソ連兵のレベルはその程度だった。

だが、

「女を出せ」

に応じる訳にはいかない。隣近所で相談し考え出した苦しまぎれの防衛策は、〈たたき撃退法〉である。一軒にソ連兵が現れたと知るや、周辺の家がいっせいに窓を開け、洗面器、タライ、バケツを棒やすりこぎでたたき続けるのだ。

「ガン、ガン、ガン、ガン……」

共鳴して相当の音量になる。

これは効果があった。気味悪がって退散するソ連兵が相次いだ。しかし、彼等は自動小銃を持っている。威かく射撃して強引に押し

ソ連兵が家に押しかけて「ダワイ、ダワイ（物をよこせ）」と叫ぶので、姉たちと裏口から裸足で逃げ出し、中国人の家に匿ってもらった。「本当にありがたい気持ちで、いま思い出しても胸が熱くなります」

入るケースもしばしばあった。

わが家も数回襲われた。二女二十歳、三女十八歳、四女十五歳と三姉妹（長女は結婚して新京・現長春にいた）がいる。不安の尽きない日々だった。三女・満枝によると、

「すぐ裏の支那人部落のジャングイ（主人）が二度かくまってくれた。本当に命拾いしたようでうれしかったですね。お礼に何かまとまったものをあげようとしても、パーロが目を光らせていて、むずかしかった。そっと置いてきたり、苦心したんです」

という。坊主頭に刈り男装してソ連兵の毒牙から逃れた、という話をよく聞いたが、姉たちはそうしなかった。

完全な無法地帯

とにかく、全市民がそれぞれのやり方でソ連兵に立ち向かうしかなかったのだ。

敗戦後の大連事情をもっとも克明に取材し記録したのは、文筆家、富永孝子（一九四三年から四七年まで大連市に居住・八十二歳）が著した『大連・空白の六百日〜戦後、そこで何が起ったか』（一九八六年・新評論）だが、富永はその中で次のように記している。

〈男たちの戦いのあとには、古今東西を問わず、女たちの屈辱的犠牲の歴史がくり返されてきた。かつて勝利者であった日本軍隊も、例外ではなかったという。そして、それを男たちは当然と受け止め、敗れた側では勝者に女性をサービスすることで、事態を好転させせようとしてきたのである。

大連の場合も、男たちはまずそれを考えた。たしかに、幾分功を奏した、と当時の関係者たちは証言している。故岡野勇（元大連会会長）は生前こう語った。

「ある日、中国人の保安隊長が来て、『ソ連将校から日本の女を世話せよと命令された。至急当たってくれ』と言うのです。仕方なく美濃町の料理屋街の芸者衆に頼み、生活に困っている人で、納得してくれる人を集めてもらいました。みんな犠牲になってくれたんです。いまでもあの人たち、あの後どうされたかと心が痛みます」

関係者は彼女たちに十分な食糧と衣装を調達、労に報いた〉

同じ勝者でも、兵隊は野蛮な暴力で、将校は命令で目的を遂げていたのだ。まったくの無警察状態がしばらく続き、私たちはただただ息をひそめていたのである。

まもなく、電車通り沿いの家屋を接収して、ソ連軍の警備本部らしいものが設けられ、赤地にハンマーと鎌と星のソ連国旗が高々と掲げられた。それを境にソ連兵の狼藉は減り、治安はいくらか回復された。

「あれはカー・ゲー・ベー（KGB、ソ連国家保安委員会の略）だよ」

と噂しあったが、正体はよくわからなかった。

ある午後、盗みを働いた兵隊が走って逃げるのを、警備隊員が追跡する迫真の活劇シーンを私は目撃した。腰からピストルを抜き取り、空に向けて数発発射しながら、猛スピードで追いつき逮捕、となった。おお、かっこいい、と素直に思ったのを覚えている。

治安はよくなっても、今度は生活苦が私たちを襲ってきた。

5　敗戦後の生活苦

生活困窮者とも違う。困窮だけなら耐えればすむ。外地で戦争に負けるというのは、そんな生やさしいことではなかった。敗戦を境にすべての環境が一変し、日々脅威にさらされる。生活苦は一つの現象でしかないが、食べつなぎ、命を維持することの大変さを、私は九歳にして身にしみ、感じることになった。

あの時から六十五年余の歳月が流れ、二〇一一（平成二十三）年一月、菅直人首相は衆参両院本会議での施政方針演説の冒頭で、

「第一の国づくりの理念は〈平成の開国〉です。日本は、この百五十年間に〈明治の開国〉と〈戦後の開国〉を成し遂げました。不安定な国際情勢にあって、政治や社会の構造を大きく変革し、創造性あふれる経済活動で難局を乗り切ったのです。私は、これに続く〈第三の開国〉に挑みます……」

と述べた。私はそれをテレビ画面で聞きながら、〈戦後の開国〉という表現に強烈な違和感を覚えた。敗戦とその後の悲惨は、〈開国〉等という言葉と到底なじむものではない。

占領軍のマッカーサー権力によって、戦後日本が荒っぽく改造されたのは確かだが、しかし、それは戦勝国による占領政策の強要であって、自ら扉を開く〈開国〉とは似ても似つかぬ展開ではなかったのか。

菅首相の無神経に私はいらだった。菅は敗戦の翌年、一九四六年十月生まれだから、当然直接の敗戦体験はなく、そのことに何の問題もない。だが、日本の最高指導者が、歴史的、国家的な大失態と、国民がなめなければならなかった筆舌に尽くしがたい辛酸を、〈戦後の開国〉のひと言で片付ける感覚を許す訳にはいかない。

戦後、驚異的なスピードで経済大国にのしあがった活力だけに、菅は着目しているようだが、あまりにも皮相的である。敗戦の痛苦を正確に記憶し、歴史的教訓にし、国家経営に生かすのでなければ、リーダーの資格に欠ける、等と思った。

ソ連軍の占拠

脇道にそれたが、敗戦時に戻る——。

父、長久《ながひさ》は職を失った。当時、主要通貨は朝鮮銀行券で一部日本銀行券、満州銀行券も通用していた。しかし、いつまで使えるかわからない。大連市民は右往左往するばかりだった。

ソ連軍先遣隊が進駐して大連市の要所を占拠したのは、敗戦から一週間後の八月二十二日である。翌二十三日付でダルニー（大連）市警務司令官少将ヤマノフの命令第一号が発せられ、所有銃器の引き渡し、夜間外出禁止等とともに、

〈銀行は業務を停止すべし〉

という命令が街頭の掲示板に張り出された。どこも人だかりだった。事実上の通貨封鎖である。まもなくソ連軍の軍票にとってかわる。

父と街に出ると、支那人が近づいて来て、

「あー、チョウセンシ（朝鮮紙）、マンシューシ（満州紙）……」

と声をかけてきた。両銀行券があれば安く買い取るということらしかった。

占領地経済は漂流状態だった。

この前後の説明をするために、父のことに少し触れておきたい。

一八八八（明治二十一）年、父は岸信介、佐藤栄作兄弟首相の出身地に近い山口県熊毛郡三丘村（現光市）の農家の二男に生まれた。一九〇七（明治四十）年、十八歳で満州に渡り、大連逓信局に入局、日露戦争の二年後である。二男坊の宿命だった。一九三二年、満州国の建国に伴い、満州電信電話（満電）が設立されると同社に入社、一九四二年まで勤め、大連電報電話局長を最後に退職した。このあと沖電気を経て、敗戦の二カ月前、関東木工品の専務に転じ、五

十六歳で敗戦だった。

父が渡満したころ、内地（日本）では、〈一旗《ひとはた》組〉という言葉がはやったという。二男、三男は地元に住みづらく、一旗揚げようと外地に活路を求めた人たちのことだ。父もその組だったのだろう。引揚げまで在満四十年、酒豪で最後は重度の糖尿病を患っていたが、敗戦を境に酒類が消えたお陰で命拾いしたのが救いだった。

「子どものほうが商売に向いている」

自宅の近くの電車通りでも着物のほかに木口《きぐち》等も路上に並べて売った。木口は手提げ袋等の口につける木製の取っ手で、父の木工品会社が閉鎖したあとに残った品物だった。

六、七人の支那人の子どもたちが徒党を組み、品物をいじりながら、突然ひっさらって逃げて行くことがしばしばだった。彼等はきまって、

「オウデ・ロスコー」

と口々にわめきながら近寄って来た。おれはロシア人だぞ、という意味だ。見ればロシア人

大連市街の大広場（中山広場）では、子どもたちが生活費を得るために立ち売りをしていた。「和服が良くうれました」。背景の建物はヤマト・ホテル。

でないことは歴然としている。だが、大連市の支配者が日本人からソ連軍に切り替わったことを子どもたちも知っており、ロスコー、と呼ぶことによって相手に威圧を与えようとしているのは明らかだった。

支那人のショーハイ（子ども）はとにかくしぶとく、たくましい生活力に驚かされた。文盲の少年でもすぐにロシア語を覚え、片言でソ連兵にあれこれ売りつける。

日本人はそうはいかない。商売が下手なだけでなく、〈売り食い生活〉を続けようにも売る物がなくなっていく。

昼の馴れない物売りに疲れた体をやすめていた夜、自宅の前の坂道をソ連兵が隊列を組み、輪唱しながら行進して行った。

「曲目は〈庭の千草〉とか〈ステンカラージ

ン〉だったかしら。声がとてもすてきで、聞きほれましたねえ」

と三女・満枝は振り返る。

しかし、そんな感傷に浸っているゆとり等なかった。稼がないと食べられない。日本人家族の間では、

「子どものほうが商売に向いている。子どもを使え」

という声が広がっていったらしい。わが家も例外ではなく、私と兄の出番だった。

6　子どもたちの「商戦」

老虎灘《ろうこたん》は大連市の南端に位置する景勝の地で、海水浴場があった。命名の由来はつまびらかでないが、ロウコタンという発音の響きが好ましく、いまでも耳にするとたまらなく郷愁を誘われるのだ。

大連のどちらに、とかつての居住地を尋ねられると、私は、

「老虎灘の近くでした」

と即座に答えることにしている。市街を縦横に走る市電の南の終着駅が〈老虎灘〉で、そこから北に四つ目が〈平和台〉だった。

当時はただ停留所と呼んでいた。この〈平和台〉の停留所前こそ、日本に引揚げるまでの一年数カ月、わが一家七人の生活を支える稼ぎ場となった。

中学一年の兄と小学四年の私がたばこ売りの店を開いたのは、敗戦の年の一九四五年も押しつまった十二月二十日過ぎだったと思う。

客が喜ぶ「たばこ」とは

店といっても店舗があるわけではなく、木箱のフタのような、縦五〇センチ、横七〇センチほどの底の浅いケースにヒモをつけ、首からぶら下げるだけの簡易立売りである。ケースに父が卸売市場で仕入れて来たヤミたばこを四、五十個並べ、停留所の乗降客に買ってもらう。〈平和台〉を選んだのは比較的乗降が多いからだった。

しかし、商売は生やさしくはない。初日は二個しか売れなかった記憶が残っている。吹きさらしの中に立っているから、防寒具で身を包んでいてもとにかく寒い。足踏みをし、手をこすりながら、電車の到着を待つ。頼りない子どもの素人商売だった。

だが、次第に売れ始めると欲が出てきた。客の生態も見えてくる。愛煙家はどこかで必ず買うが、

「おじさん買って！」

と叫んで同情を引く程度ではたかが知れている。

客は少しでもいい品を求めている。いいとは何か。香りと味だ。しかし、少年だから味見はできない。封を開けて客に匂いをかがせ、時には一本吸ってもらうという積極商法を考えつい

た。これが当たった。

「うまいですか」

「まあ、……」

となれば、しめたもんだ。必ず買ってくれた。すでにソ連の軍票が通貨で、赤が十円、ほかに黄色と青、たばこは一箱三十円から五十円、売り上げがだんだん伸び、一日三千円を超えるような日もあった。

カギは客が喜ぶ品をいかにして取り揃えるか。兄の鼻が利くことがわかってきた。仕入れ係は父に代わって兄が担当し、毎朝、市電で中心部にある常盤橋《ときわばし》の闇《やみ》マーケットに出掛けて行った。

どこでつくられたのか、同じ銘柄でも何種類もあるおびただしい数のたばこが、屋台いっぱい並べられていた。「くん、くん」と嗅覚だけを頼りに、兄は仕入れて来る。

「坊やのところ、おいしいな」

といわれるようになって常連客も増え、商売らしくなってきた。販売台も首からぶら下げるのを止め、折りたたみ式の屋台を父につくってもらって地面に固定した。私の役割はもっぱら客をつかまえることで、それが向いていた。

〈学校なんか行くよりもずっと面白いや〉

と内心満足し、父はそんな私を見て、日本に引揚げたあとも、

「おまえは商売人になれ」

が口癖だった。

たばこ税は昔もいまも取りやすいようで、兄・一右《かずすけ》の記憶によると、

「市政府発行の印紙を買って一箱ずつ貼らなければならなかった。しかし、まともに貼っていたのでは儲けが少なくなる。だから、売る時に印紙をはがして別のたばに貼り替えてたりしたんだ。『手入れがある』なんていわれて屋台を抱えて逃げたこともあったなあ」

と振り返るが、私は覚えていない。

商売敵《しょうばいがたき》も増えてきた。〈平和台〉の前には、最盛期四軒の屋台が並び、朝七時ごろから客取り競争をくりひろげた。私たち兄弟を含め、都合七人の少年グループによる商戦である。

その一人、則武《のりたけ》邦彦（電気・消防・情報通信業・七十九歳）は東京・小金井市に健在で、先日お会いした。

「あのころ、父は応召中で済州島にいて、留守家族の母子六人が終戦を迎えました。私は中学二年の長男です。もう無我夢中で、とりあえず食いつないでいかなければならない。内地に引揚げる等という発想はなく、なるようになれ、でした。記憶は断片的ですがね」

と則武は当時をなつかしがった。則武の実姉、一瀬靖子《のぶこ》（八十一歳・小金井市在住）は時折、弟

住居のあった老虎灘（ろうこたん）から市電で四つめの平和台停留所の辺りで著者を含む子どもたちが生活のためにたばこ売をしていた。

たちのたばこ屋を手伝っていたそうで、

「四軒のうち、旅順工大のF教授の息子さんの店がいちばん売り上げが多いという噂でしたね。みんなバケツに炭火を入れて暖をとって。自分のためではなく、家や家族のためでしたから、競争していても決していやらしくなかったんです」

と語った。記憶力がいい。

手がけた闇《やみ》たばこの銘柄も、私の兄は、天壇、ウエストミンスター、瑞光、ゴールデンバット等をあげたが、一瀬はさらに極光、ビクトリア、スリーキャッスル、ダンヒル、域門を加えた。すべてにせ物だが。

「中国語でにせ物のことをジャーパイ（假牌）と呼んでましたね」

と、これも一瀬の記憶である。

恐いもの知らず

唯一、にせ物でないのはソ連兵に支給される軍給たばこの〈スペア〉で、愛煙家はそれを吸いたがった。

私は何とか手に入れたいと考え、まず片言のロシア語を覚えた。

「アジン、ドアー、トリー、チェトリー（一、二、三、四）……」

の数字に始まって、軽い会話用語である。

いまにして思うと、恐いもの知らずだった。老虎灘の近くに設営されたソ連軍駐屯地の入口で待ち伏せ、出て来る若い兵隊に掛け合った。たばこを吸わない兵隊はそれを売って遊ぶカネを調達しようとする。しかも、数を数えられない文盲のとろい兵隊がかなりいた。カートン（十箱入り）ごとに驚くほど安い値段で買い取る直接取引に、私は何度か成功した。そのまま常盤橋の闇《やみ》マーケットに運び、卸屋に何倍かの値段で売り飛ばしたこともある。まるでブローカーだ。

しかし、ソ連兵には当然悪いのもいた。たばこ売り仲間のYは、兵隊に、

「売ってやるから」

と横穴防空壕に誘われ、銃で殺害、仕入れ金を強奪される、という悲惨な事件も起きた。

とにかく、夜、わが家に戻り、

「今日の分です」

と売り上げの札束を渡す。両親と姉たちがお札のしわを一枚一枚伸ばしていた情景がかすかに記憶の中にある。

仕入れ金を残し、あとの稼ぎでトウモロコシやコーリャンの食料品を買い求める。

一家を支えている気分にもなり、私にとっては充足の日々だった。学校のこと等まったく頭になかった。敗戦がもたらした異常な断面というほかない。

7　それぞれの「記憶」

子どもたちの〈商戦〉の後日談を書く。学校に通うはずの学童が稼ぐ、というのはやはり異変ではあったが、生き残りのためだった。

私たちは敗戦の年から、大連市の場末でたばこ売り競争に熱を入れたのだが、大連の、あるいは満州のほかの土地の子どもたちが、何をしていたかは知る由もなかった。

多くの同業者がいたことを知るのは、私たちが古稀前後の高齢になってからだ。それは次のような舞台のお陰だった――。

〈引揚六〇周年記念の集い～いま後世に語り継ぐこと〉という催しがもたれたのは二〇〇六（平成十八）年十一月二十七日である。会場は東京・九段会館の大ホール。国際善隣協会が主催し、NHKの後援、満鉄会が協賛した。

九段会館は旧軍と因縁の深い建物だ。一九三四（昭和九）年、軍の予備役の訓練、宿泊を目的に建てられ、軍人会館と呼ばれた。陸軍青年将校がクーデターを起こした二・二六事件（一九三六年）では、ここに戒厳司令部が置かれている。敗戦から十年余は連合国軍の宿舎に使われた。

いまは日本遺族会が運営しているが、三・一一の東日本大震災では天井の一部が崩壊、二人の死者まで出した。七年前の〈集い〉の日は、九段会館の前に早朝から長蛇の行列ができた。

引揚げ者の集い

引揚げ者による全国規模の集会はこれが初めて、多分最後にもなるだろうとあって、懐かしさ一念の人たちが各地から馳せ参じたのだ。一千二百人収容の大ホールに収まりきれず、約三百人が会場の外で映像中継を見たほどだった。

冒頭、国際善隣協会の古海《ふるみ》建一理事長が、

「私たちは六十年前に立ち返って、引揚げを待たずして現地で亡くなった多くの方々の霊に、黙祷《もくとう》を捧げたいと思います。

あの八月九日からのソ連軍の攻撃により、またいろいろなルートでの避難の過程で、そして葫蘆島《ころとう》ほか引揚げ港においてさえ、開拓団はじめ多くの犠牲者が出ました。邦人の犠牲者は軍人も含めて二十四万人を超えるといわれます。

この戦争犠牲者に対し、それぞれの思いを込めて霊安かれと祈ることが、この催しの第一の目的であります」

と述べ、参加者全員で起立、黙祷した。私も参加者の一人として、戦争終結後になおも二十四万人という大量死に見舞われたことに、改めて胸を突かれる思いがしたのだった。

ついで、満州唱歌を次々に合唱した。最後の〈わたしたち〉は歌詞、曲ともしっかり覚えている。しかし、歌うのは六十年ぶりだ。


シンポジウムも行われた。〈私にとっての満州〜いま語り継ぐこと〉がテーマである。

パネリストは映画監督・山田洋次、作家・なかにし礼、岩波ホール総支配人・高野悦子、政治評論家・岩見隆夫、コーディネーターは日本銀行前副総裁・藤原作弥。全員満州帰りだ。

前置きが長くなったが、パネリストの発言の中から、〈子どもの稼ぎ〉の個所を抽出してお伝えする。


アイウエオ順で、まず私がこう述べた。

「塗炭《とたん》の苦しみを味わわれた方々には大変恐縮なのですが、私にとっての敗戦体験は痛快の一語に尽きるのです。敗戦から引揚げるまでの一年半ほどの短い期間ですが、当時私は十歳で、十二歳の兄と二人でヤミたばこの小売商をやりました。これが意外に儲かりました。当時ほとんどのご家庭で、父親は失職して生活力を失っているわけで、子どもが何かしなければならないという時期でした。

私に多少商才があったのではないかと思うのですが、この水あげで一年半七人家族が生活したわけです。私はなんとなく一家の主導権を握ったかのような錯覚を持った記憶があります。これは大変エキサイティングな日々でした。七十一年の人生の中で、この一年半がもっとも光り輝いて、あとは大したことはないわけです」

次に、なかにし礼、敗戦時、牡丹江《ぼたんこう》市を脱出してハルビンへ。当時七歳。

「私の満州体験というのは、まず自分が生まれたふるさとである満州を失い、生まれ育った家、財産を失い、そして父を失い、ハルビンの街角で、岩見さんほどの商才がなかったものですから、母と姉がたばこを売っているのを手伝いました。

まわりをウロウロして、ソ連の兵隊を見つけては母と姉のところに引っ張って来て、『たばこを買ってくれ』といっていました。ちょっとしたセールスのお手伝いをした程度です。冬の寒い中をチョロチョロしておりました」

「儲けられたのが信じられない」

山田洋次、大連で敗戦。当時十三歳。

「やはり岩見さんと同じように父の仕事がなくなって収入がないから、いろいろなものを売って生活していました。僕はたばこではなくピーナッツです。

問屋というか、中国人の親方の家に行って仕入れて、新聞紙を三角に折ってそこに入れて、ソ連の軍票の時代ですけれど、小さいのが十円、大きいのが二十円というかたちで、箱に並べて町に立って売るのです。なにせろくなものを食べていないのですから、ピーナッツというのはすばらしいぜいたくな食べ物です。

だから売っているうちにどうしても食べたくなる。ひと粒食べると、隣の袋にも手を出す。だんだん減っていくから、ひと袋をつぶしてならすことになる。それでも食べたくて仕方ない。その苦痛に耐えるのと、しがない儲けとを比べると、苦痛のほうがよっぽどつらいような気がしました。長く続かずに終わりました。

マッチ売りの少女というのがあるけれど、僕の場合はピーナッツ売りの少年でした。

一年半のうちに学校もなくなり、やがて引揚げの順番がきました」

　高野悦子は敗戦直前に大連から帰国、その時、十六歳。従って戦後の満州体験はない。

　藤原作弥は安東市で敗戦を迎えた。当時八歳。

「長男の私はたばこ製造工場に行って卸して来て、それをヤミ市で売りさばくのです。戦後の闇市《やみ》は本当に得体の知れないところでした。いまでいうと、あれがキャバレーか、あれが麻窟か、と思われるようなところで、比較的高級なたばこを売っていました。

　商売は非常に下手でした。岩見さんがあんなに儲けられたのが信じられない。

　私はグループの中でも年少者だったので、いつもかつあげをくい、売上金をとられたりしていました。

　しかし、私の場合はたばこ売りが儲けになってもならなくても、別の意味で毎日が楽しくて仕方なかった。見るもの聞くものが珍しいものばかりだったからです」

　六十年の歳月が流れ、たまたまパネリストとして顔を合わせたかつての満州少年四人が、例外なく〈稼ぎ〉に手を染めていたのは驚きだった。しかも三人までが闇《やみ》たばこの小売りである。みんな似た境遇であの時期を懸命にしのいだのだ、という感慨がよみがえってくる。

　ただ、最初に私が自分の商才を誇示するような余計な発言をしたばかりに、三人の著名な方々の追憶を乱してしまったようだ。後悔している。実際はそれほどでなく、稼ぎの多かった日の有頂天が強く記憶に刻まれている程度のことだった。

8　満州奥地の惨状

だんだんわかってくる。一人の体験はほんの断片でしかないが、時間の経過とともに全体像がおぼろげながら浮き出る。歴史とはそういうものかもしれない。

敗戦から一週間あまりあと、大連市の自宅前を轟音を響かせ行進するソ連軍の大型戦車T34型の列に、戦慄を覚えた体験は先に書いたが（29頁）、その戦車隊が満州奥地で何をしたかはほとんど知らなかった。われわれ大連市在住の日本人は、比較的安全地帯にいたことが次第にわかってくる。

奥地の惨状は知れば知るほど、むごい。一九四五（昭和二十）年八月十五日は、ポツダム宣言受諾による戦争終結の日に違いないが、満州に住む日本人とそれを保護するはずの関東軍にとっては、ソ連軍が参戦、侵攻を始めた〈八月九日〉が新たな開戦日だった。八月十五日以後、満州でも北朝鮮、南樺太でも戦争が続いていた。満州で関東軍が降伏文書に調印したのは九月三日である。

なぜソ連は日ソ中立条約（一九四一年四月、日ソ間で調印された相互不可侵条約）を一方的に破棄

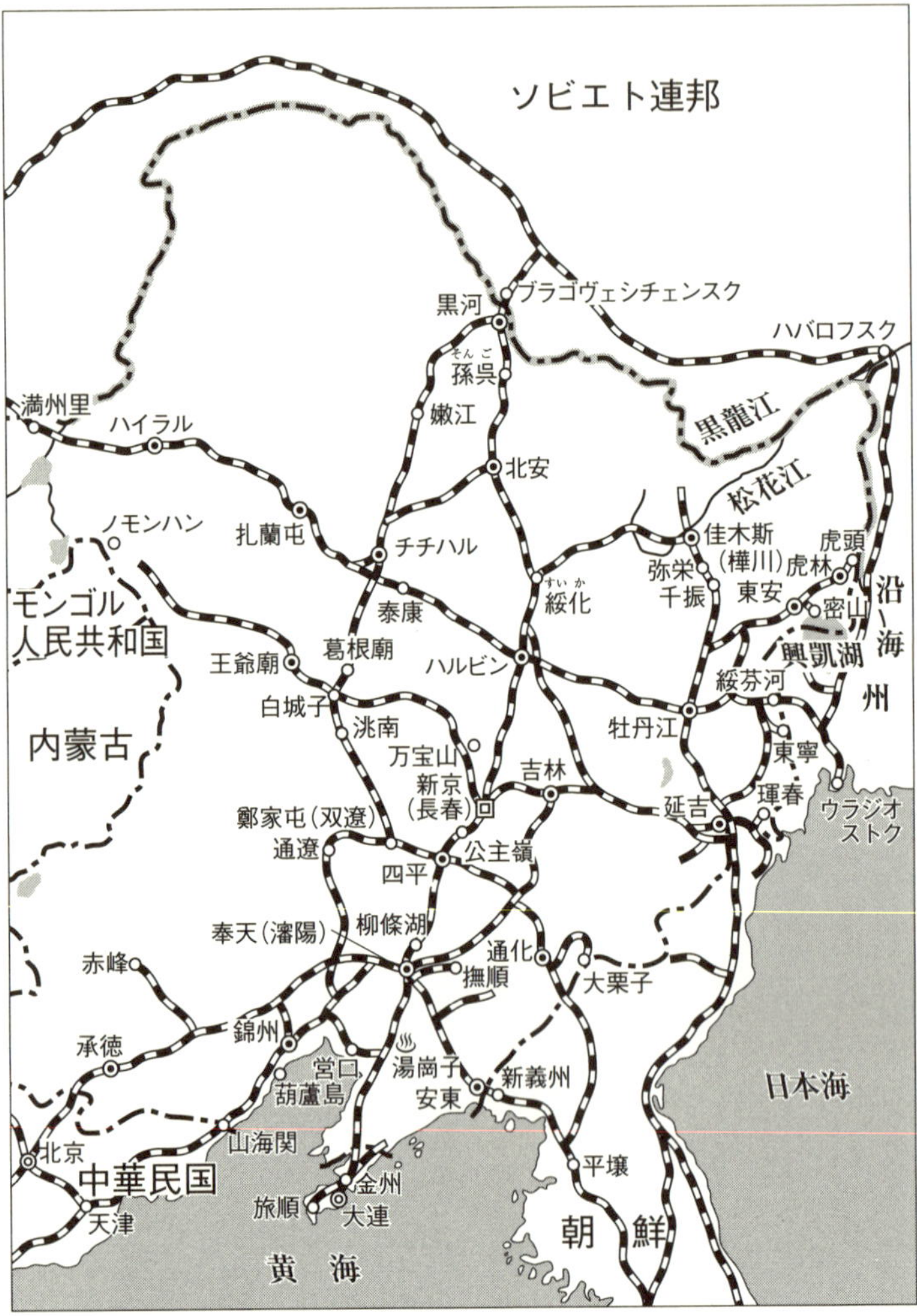

黒龍江に沿ったソ満国境　ソ連軍は、西方のモンゴル人民共和国、北方の孫呉・ハイラル方面、東方の沿海州の三方向から国境を越えて侵攻してきた。

してソ満国境を越える理不尽に及んだのか。この対ソ不信と怒りは六十八年後のいまも、いや今後も長く消えることがないが、国際政治力学的な考察はあとに譲る。先に〈八・九以後〉に触れなければならない。

まず、数字を記しておきたい。敗戦当時（正確には八・九当時）の満州国と関東州（日露戦争の勝利で日本がロシアから租借した遼東半島南部の大連、旅順一帯）の在留日本人は約百五十五万人、うち開拓団員二十七万人。引揚げまでの死亡者数二十四万五千人、うち日ソ戦による死者六万人、開拓団員の死者七万二千人（うち壮年男子四万七千人が八月に関東軍に召集）。戦後、旧厚生省が作成した推計データで、ほぼ正確と思われる――。

八月九日午前零時、ソ連軍は対日宣戦通告と同時に国境線を越え満州に侵攻した。国境の日本軍陣地に猛砲撃を加えたのを皮切りに、砲弾の届かない各主要都市には空爆で侵攻の意思を示したのだった。

しかし、それがソ連軍の攻撃だと直ちに悟ったのは国境線の日本軍陣地だけで、首都新京（現長春）関東軍総司令部が、東部国境東安の第五軍から、

「ソ連軍が虎頭正面を攻撃し、満州国内に侵攻中」

と報告を受けたのは九日午前零時二十分という。だが、新京の住民は午前二時過ぎに空襲警報のサイレンを聞き、ラジオ放送が、

「沖縄からのアメリカ軍機らしい二、三機が侵入した」

と報じるのを聞いている。

後方都市の住民は、だれもがアメリカ機だと直感してソ連機とは思わなかった。それほど唐突だった。

日本人の避難行が始まる。鉄道はソ連機の機銃掃射を浴び、まもなく使えなくなった。もっとも無残な経過をたどったのは、国境の黒河省遜克県《こくがしようそんこく》に居住していた〈黒河大青森郷開拓団《こくがだいあおもりごう》〉である。孫呉《そんご》駅の東北七十二キロ、ソ連の侵攻を知ったのは八月九日の夜半だった。

記録された惨劇

情報不足の中、開拓団員総勢四百七十人が徒歩で避難を始めたのが八月十三日朝、一路南下した。大車三十台、牛十五頭、食料二十日分、団長の川崎文三郎が書き残した避難行記録〈青森郷開拓団避難状況〉によると、十月二十日、綏化《すいか》駅にたどり着いたのは百七十人だけだった。二カ月あまりで三百人が命を絶った。

川崎の詳細な記録は目をおおうばかりで、読んでいて息がつまる。ソ連軍の攻撃を避けようとして選んだ南下コースが、大自然と銃弾に勝る暴民の脅威にさらされる。密林、大湿原地帯に迷い込み、疲れと飢えで歩行困難の落後者が相ついだ。見捨てて行くしかなく、地獄である。

逃避行の途中で出産する妊婦を次々と助けた助産師、江波美代は、四人のわが子を連れ懸命に働いたが、途中、暴民に襲われてすべてを剥ぎ取られた。疲労と憔悴《しょうすい》に力尽き、四人の子を道連れに自決した。同じような母親の子殺しが、限界状況の中で頻発している。

こんな悲話もあった。内蒙古に接する満州西部方面の国境都市、満州里《まんしゅうり》市は八月九日未明、最初にソ連軍の急襲を受けた。日本軍はすでにいない。日本軍の早期撤退は満州全域における大本営の作戦命令だったという。しかし、住民はそのことを知らない。

満州里では国境警備隊二十人と警察が応戦したが全員戦死した。国境の鉄道終末駅だから、機関区や鉄道電話交換所があり、ここには、伊藤とよ子、宇佐美こう、岡登喜子、吉岡志づ子、根本きくの女性交換手五人が詰めていた。警備隊の軍用トラックが救出に来た時、

「私たちには通信の使命があります。交換台を離れて逃げることはできません。市民を助けてあげてください。お願いします」

と避難を断ったという。まもなく、ソ連軍に襲われる。電話口で、彼女たちは、

「あっ、ソ連軍が交換所に乱入して来ました。あっ、吉岡さんが、……根本さんが、……撃たれました っ！　あっ、岡さんも撃たれました。三人とももう動けません。

通信はこれ以上不可能です。もうできません。もう駄目です。現在八時十五分です。皆さん

さようなら　さようなら　これが最後です」
と叫びながら、声が途切れた。近辺から満州里に退避して来た官公吏、婦女子百五十人も全員戦死、あるいは自決した。国境の随所で同じような惨劇が起きていた。

「葛根廟《かっこんびょう》事件」


最大の遭難は、満州引揚げ者の間で有名な〈葛根廟事件〉である。一千数百人が殺され、数百人が自決、生存者は百人未満、大人はほとんど死に絶えた。貴重な記録として、当時、興安《こうあん》国民学校四年生の女子生徒が残した手記「孤児となって中国に活きる」がある。

一九八四年、福岡・啓隆社が出版した『知らない土地でひもじくて』に手記は収録されたが、生存者の一人でもある編者は、

〈かよわい眼と傷ついてもなお生きようとする生命力が全身の膚《はだ》で捉えた述懐です〉

と、手記に残された事件のあらましを次のように伝えている――。

私たちの集団はほとんどが老人や女子供でした。昭和二十年の五月ごろから、関東軍の大部分が南方の戦場に転戦し、在留日本人の成人男子を根こそぎ軍に召集していたので、みんな留守家族だったのです。

八月は三十度という暑さでした。もう汽車もなく、まして車などもありませんでしたから、老人も子供たちもみんな歩くほかなかったのでした。四十キロの道を歩いて、やっと着いたのが葛根廟でした。もうみんな強行軍でへとへとに疲れていました。葛根廟は、蒙古人の信仰の厚いラマ教のお寺があるところでした。

十四日の午前十一時ごろでした。疲れて足を引きずるように歩く私たちの一団は、先頭と最後は二キロ以上にも伸びていました。突然、列の後からソ連軍の戦車隊が現れ、機関銃と自動小銃を撃ちながら、襲いかかってきたのです。攻撃は異常と思われるほど激しいもので、何の抵抗もしない女や子供たちを一時間あまり撃ち続け、戦車から降りてきては、止《とど》めを刺すように殺傷していきました。

一瞬にして、そこは一面死体の山となり、生き残った人たちも、もうこれまでと自分の子供を殺して自殺してゆきました。この中に興安国民学校（小学校）の小山校長先生以下百数十人の児童が含まれていました。私は四年生、十才の女子生徒でした。生き残ったものは数人ずつの群れとなって脱出しました。おそらく五十人以上はいたでしょう。

ある人は中国人に助けられたり、運よく生き延びて、日本に引揚げた人も何人かいたと聞いています。数年たって、現地の人からの便りに、

〈そこは長く白い白骨の道となって、だれも嫌がって近寄らない〉

と書いてありました。後日、だれ言うとなく、この悲惨な出来事を〈葛根廟事件〉と呼んでいます――。

手記は薄い便箋《びんせん》十四枚に、小さな字でぎっしり書き連ねてあり、〈残留孤児田中忍こと中国名孫秀鳳〉の名が記されていたという。

私は田中忍と同年である。同じ満州だが、はるか離れた大連の地で見たあのT34型戦車が、ほんの一週間ほど前、奥地で幼い子どもたちを虫けらのように惨殺していたとは、知る由《よし》もなかったのだ。

9　記録に残された「満州」

〈満州奥地の惨状〉は続きがある。

だが、その前に一冊の記録集を紹介したい。一九九三年に刊行された『かなしみの花と火と〜満州ノ鉄道ト民タチ』（泯々社《みんみん》）だ。記述者は秋原勝二（秋原はペンネーム、本名・渡辺淳）である。

満州関連本はおびただしい分量にのぼり、到底読みこなすことができない。その中で『かなしみの花と火と』は必読の貴重な資料だ。執筆の視点を〈満州における日本人の終戦時の悲劇は何によってもたらされたかを問いただすこと〉に据え、多数の文献、記録、手記等をたんねんに収集、分析している。前述の〈8　満州奥地の惨状〉もほとんど同書の資料に頼った。

秋原勝二は福島県生まれ、百歳、神奈川県逗子市で健在である。一九二〇（大正九）年渡満、大連満鉄育成学校を卒業して満鉄入社、敗戦まで勤めた。一九三二（昭和七）年から大連文芸同人誌『作文』の同人で、戦後も一人で発行を続けている文筆家だ。先の本の著者でなく記述者としたのは、満鉄ＯＢの有志四人が資料収集に当たり、執筆を秋原が担当したからである。

私が秋原の名前を知ったのは、二〇一〇（平成二十二）年五月、満鉄の関係者で組織する満鉄会（会長・松岡満寿男元参院議員）の会報に、秋原が〈気になる「満洲」の語源〉というタイトルで書いた興味深い一文とめぐり合った時だった。

まず、文字は満州か満洲か。辞書には両方載っているが、満州が先に記されている。本書では州、秋原は洲を使う。理屈ははっきりしない。

だが、そのことでなく、秋原は一文を、

〈私どもが大切にしている「満鉄」は、南満洲鉄道株式会社の略称だが、その中の「満洲」の名称をいまの子らに説明するのは骨が折れる。地名だといっても戦後の地図にはないし、現在の中華人民共和国では使わないからだ。しかし、社名からこの文字を消すことはできない〉

と満鉄人の不満から書き出している。

〈満洲〉は死語になりつつある、と秋原は嘆く。〈満洲〉と書こうとすると「」《かぎかっこ》をつけろとか、（中国東北部）を入れろとか、〈旧満洲〉とせよ、等と注文がつくのが、その兆候だという。

私も満州二世として何度となく同じ経験をしてきた。

「満州」の語源と人々の思い

しかし、中国大陸の東北部に興亡した諸民族と土地の呼び名として〈満州〉は確実にあった。〈満州〉の文字を用いたのは、中国最後の王朝として約三百年続いた清朝の時代（一六一六〜一九一二年）だった。明の滅亡に乗じて北東に遷都、清朝は最盛期を迎えるが、一九一一（明治四十四）年に起った孫文らの辛亥《しんがい》革命で翌一九一二年に滅んだ。

日本では明治の日清、日露戦争が満州で戦われ、一九〇六年に設立された満鉄の社名にもそれが使われることになる。しかし、満州族による清朝が崩壊し、共和制の中華民国（一九一二〜四九年）に移ると、漢族の天下になった。〈満州〉の地名を漢族は受け入れない。死語の道をたどる所以だ。

しかし、中国の興亡史をちょっと振り返っただけで、一九四九（昭和二十四）年に建国された現在の中華人民共和国はまだ六十年余、満州族の清朝は五倍の歴史を刻んだのだ。それは消えない。ただ、日本人には素直に胸を張れない負い目がある。

一九三一（昭和六）年の満州事変によって、日本が中国の東北地方を占領し、強引につくり上げた国家〈満州国〉の傀儡《かいらい》性だ。敗戦まで十三年間の短い寿命だったが、そこで生まれ育った私のような満州少年は、いい知れぬノスタルジーと、引揚げ後に自覚することになる贖罪《しょくざい》の意識が混然となって、経歴も〈旧満州大連生まれ〉等と書き、〈旧〉の一字に思いを込めることになる。

ところで、語源である。日本の辞書でははっきりしない。秋原は多くの資料を調べたすえ、『最後の公爵　愛新覚羅恒煦《こうく》』（一九九六年・朝日新聞社）という本に答えを求めた。著者の愛新覚羅烏拉熙春《うらぎしゅん》（女性）は清朝乾隆《けんりゅう》帝の後裔で文学博士、女眞語・満州語の専門家だ。同書は祖父の半生と業績を綴ったものだが、巻頭で、

〈一六三六年、清の太宗《たいそう》は中国を統一するために、自己の民族「女眞《じょしん》」を「満洲」と改名した。「満洲」という名詞は、「勇士」「英雄」などの古義を持つもので、四方に満ちる朝日のごとく東北アジアに勃興した民族にとって、疑いなく最良の命名であった。それは満洲族が世界の舞台に登場するに当たって打ち出した最も輝かしい脚光であった〉

と高らかに書いている。これでやっと意味がわかった、と秋原は結論づけるのだ。

「謝文東が救援に来てくれる」

二〇一〇年十月二十二日、東京・九段会館で開かれた〈平成二十二年度満鉄会大会〉で、秋原にお会いすることができた。そこで大作『かなしみの花と火と』三部作、約九百二十ページの存在を知る。

さて、同書執筆のきっかけは、秋原が一九九〇（平成二）年一月、満鉄鉄友会の日野武男会長とめぐり合ったことだった。日野は、

「満鉄のことを書いた本はたくさん出ているが、どうも何か物足りない。底辺にいる社員の眼から見たものがないからだろう。それを何とか一つ書いてもらえまいか」

と熱心に頼み込む。秋原らは決意してこの難作業に取り組んだ。しかし、完結を待たずに一九九二（平成四）年暮れ、日野は七十九歳で死去した。

秋原は同書の〈序に代えて〉に、亡くなる年の春、日野から届いた私信の一部を掲載する。次のような激しい調子だった。

〈……巨大な歴史の歯車に音をたてて押し潰されていった日本・満洲国・満鉄、日本の軍人や官僚が満洲や満鉄を食《く》い潰《つぶ》して生血を吸った。満鉄と満洲を愛する心情が根底にあった満鉄精神が、広く満洲全土に全住民に受け入れられたら、侵略なる文字も日本人にとって縁遠いものになっていたであろうに〉

日野はさらに衝撃的な告白をする。


〈謝文東の名を非常の時に耳にしました。

八月九日ソ連侵入、勃利《ぼつり》（沿海州に近い満州東端の県。当時、日野は勃利駅駅長・陸軍少尉）が戦場と化した日、日系の勃利県副県長とやはり日系総務課長が駅長室に飛び込んで来て、副県長が私の手を握り、

「駅長、一緒に死のう」

と叫び、総務課長は上づった声で、

「大丈夫です、謝文東が救援に来てくれます」

と叫んだ時です。

副県長は私との約束を忘れたのか、夜陰に乗じて姿を消してしまいました。無事帰国したそうです。

謝文東は八路（中国共産軍）に捕えられ、依蘭《いらん》（勃利北西の都市）で処刑され曝《さら》し首にされたそうですが、日本人を大分救ってくれたそうです〉

日野はシベリアに抑留されたあと一九四八年帰国、秋原は一九四六年秋引揚げている。

逗子市の秋原に電話を入れた。謝文東とはどんな人物か。

「中国の大地主です。日本からの開拓民に農地を安く払い下げようとして農民の抗議運動が起きる。謝文東は農民と満州国の間に立って苦労したのです。関東軍に押さえつけられながらね。日系人のためにも中国人のためにもよく尽くした偉い人ですよ。立派でした」

日系というのは。

「当時は五族協和の考え方ですから、満州国に住む人はみんな同じ満人です。ただ、便宜上、仕分けをするために、日本人を日系、朝鮮人を鮮系、蒙古人は蒙系と呼んだんです」

被害者は日本人だけではなかったが、日本人が圧倒的に悲惨だった。

10　悲惨！　満蒙開拓団

満州開拓団が蒙《こうむ》った惨禍《さんか》について、もう少し書き留めなければならない。

満州事変（一九三一年九月十八日、奉天［現瀋陽］の北方、柳條湖《りゅうじょうこ》で起きた満鉄線路爆破事件。これを契機に日本軍の中国東北部への侵略戦争が始まり、日中の戦争は十五年間に及んだ）のあと、日本は満州や内蒙古に農業移民団を送り込んだが、その総称が満蒙開拓団だった。

事変の翌一九三二（昭和七）年に建国された満州国の治安維持と対ソ戦に備えた軍事的目的、国内農村窮乏の緩和等、国策的な狙いから、移民は武装し、軍事訓練を受けた。七次にわたり、総数三十万人以上にのぼったが、ソ連参戦によって壊滅的打撃を受け、おびただしい犠牲者を出す。多くの中国残留孤児も生んだ。

開拓団全滅の真相

その一つ、〈興安東《こうあんとう》 京茬原郷《きようえばらごう》開拓団〉がたどった運命を記す。この開拓団の特徴は農業経験者の集団ではなく、東京都荏原区小山町（現品川区小山）の武蔵小山商店街等の中小企業整備によって転廃業した人たちが結成する転業開拓団だった。

一九四三（昭和十八）年十月だから敗戦の一年十カ月前、満州中西部の都市、興安街《こうあんがい》（旧王爺廟《おうやびょう》街）の西北八キロの鄭家溝《ていかこう》に入植した。ソ連侵攻時の在団者九百六十四人、関東軍への応召者百七十八人である。

ソ連侵攻の八月九日は、近隣の日本軍に供給する野菜一〇〇トンの完納を目指し、未明から小学校も休校して全団員が畑に出て収穫、搬送に懸命の作業をした。その最中の午前十一時ごろ、ソ連参戦の知らせが入る。

しかし、翌十日、一日中待っても、官、軍いずれからも何の連絡もない。十一日には山﨑真一団長、足立守三副団長の二人が乗馬で興安街に出向き、省公署（市役所）、特務機関、憲兵隊を回ったが、どこも数人が右往左往するだけで責任者はいなかった。

独自脱出を決意する。十六部落に散在する団員のほぼ全員が集結したのが十三日深夜。しかし、十四、十五日と原地民の全力攻撃を受けてしまい、ソ連機爆撃の情報も流れた。団員の絶望を誘い、万一に備えて毒薬が配布された。

十六日未明、ソ連機六機が襲来、団は万難を排して南下を決定、出発した。全員九百二十二人、うち戦闘員の青壮年七十八人、あとは老人婦女子、馬車十二台、機関銃十二丁、弾薬四千発。原地民は両側から包囲しながら追尾し、落伍者はたちまち着物を奪われ、裸にされた。ソ連戦車隊にも遭遇し、原地民との交戦が続く中で八人が自決した。

十五日の終戦等、知るすべもない。十七日が運命の日となる。ソ連軍戦車が砲口を向け、原地民が猛射しながら喊声《かんせい》をあげて肉薄して来る。麻畑に潜み、難を避けようとするが、包囲され攻撃は執拗だった。『満州開拓史』（刊行会編集・一九六六年刊）はこの時の模様を、

〈青壮年七〇余名は九〇〇余名の老幼婦女子を守り、数回の切り込みを敢行したが、何れも多勢に無勢で成功せず、遂に婦女子は相継いで服毒あるいは自刃していった。敵弾に倒れるもの、数名相擁して互いに服毒するもの、母は幼児を絞殺して服毒、またたく間に麻畑の中は累々たる屍体の山を築くにいたった〉

と記した。目をおおう惨状である。

交戦七時間で日没。山﨑団長ら幹部は協議のうえ自決した。自決または戦死による犠牲者三百八十人、生き残りの五百三十四人はその場を離脱し南下したはずだが、消息不明になっている。全滅したと見るほかない。

山﨑団長に後事を託された足立副団長だけが辛うじて興安街にたどりつき、東蒙古人民自治

軍に徴用されたあと、一九四六（昭和二十一）年十月日本に引揚げた。足立は興安東京荏原郷開拓団の非業の最期を詳細に記録した「興安東京開拓団の終末」と題する長文の手記を残している。

〈私が生き残ったただ一人の人間です。全員が死んでしまったのです。私は当時のことを思うと胸がはりさけそうです。しかし、私は勇を鼓《こ》してこれを語らねばなりません〉

という書き出しだ。

満州で日本軍の保護を失い、鉄道からも離れた在満日本人の絶望の姿を凝縮した事件である。前々章の〈8　満州奥地の惨状〉（61頁）では、〈黒河大青森郷開拓団〉（黒河省《こくがしょう》遜克県《そんこくけん》）の地獄のような逃避行を書いた。開拓団はなぜこれほどまでの悲劇的な運命をたどったのか。開拓団の死者は旧厚生省の推計で七万二千人、一方に八万人以上という資料もある。それほどぞんざいに扱われているのだ。

発端は、大本営と関東軍の「対ソ恐怖心」

死者数でいえば、満州引揚げで約二十四万五千人、シベリア抑留での死者約六万人（全抑留者約六十万人）を合わせると三十万人を超える。ちなみに、広島の原爆投下では約十五万人、東京大空襲では約八万四千人、沖縄戦では約二十九万人（うち軍人・軍属約十二万人、一般県民約十七万人）の犠牲者を出しているが、民間人の死者数では、満州引揚げがもっとも多かった。あまり知られていない。

中でも、開拓団の比率が高いのはなぜなのか。満州問題にくわしい加藤聖文《きよふみ》（人間文化研究機構・国文学研究資料館）によると、原因は大本営と関東軍の〈対ソ恐怖心〉にあったという。

〈一九四五年四月、ソ連が日ソ中立条約不延長を通告し、五月七日にドイツが降伏した前後から、極東方面へのソ連軍の増強は明らかになっていた。そして、五月三十日に大本営は関東軍に対して対ソ作戦準備命令を下す。

関東軍はそれによって、すでに一月に策定し、大本営も了解していた持久戦計画（全満州の四分の三を放棄し、東部山岳地帯に立て籠もる）を実施に移した。同時に居留民避難計画の実施も関東軍内部で協議されたが、大本営は「いまこの計画を実施すると、現地民が動揺を来たすとともに、ソ連軍の侵入を誘発する」との理由で同意せず、実行に移されなかった。
対ソ戦を準備しながら、ソ連軍の侵攻を恐れる大本営と関東軍の奇妙な認識があらわれている。こうして、四分の三放棄計画は実施されていったが、ソ満国境周辺の開拓団員の後方避難措置は見送られたのだ〉

と加藤は語る。

開拓団を避難させれば、ソ連軍の侵攻を〈誘発〉するから残留させるという信じがたい理由によって、三十万人の開拓団員は見捨てられたのだった。しかも、関東軍はソ連軍の侵攻時期について判断を誤った。ドイツ降伏の直後から、

〈七月から八月にかけてが一番危険だ〉

という情報をつかんでいたが、軍中枢は希望的観測にとらわれ、開戦は〈秋以降〉と判断したため、すべての対応が遅れた。

戦争末期になると、大本営や関東軍は〈本土決戦〉とか〈一億玉砕〉と勇ましく呼号しながら、一方で日本の破滅に直結するかもしれないソ連の参戦を極度に恐れたのである。この恐怖心が、開拓団員の大量死の背景にあったと見るしかない。

大本営と関東軍の責任は重大である。戦争とはそんなもの、という理不尽な論理を許す訳にはいかない。厳しい検証が必要だ。

11　シベリア抑留者の帰還

日本に引揚げて来た直後のことだから、一九四八、九（昭和二十三、四）年ごろだが、私には一つの原体験がある。

「シベリアからの復員列車が駅に着く」

という情報をどこからか仕入れて、早朝のまだ薄暗い時刻、家を抜け出し何度か三田尻《みたじり》駅（現山口県防府《ほうふ》駅）に急いだ。〈お疲れさま〉という短い手紙を書き、それを封筒に収めたのを何通かポケットに入れていた。

しかし、駅のホームに降り立った旧日本兵たちは、私が差し出す封筒なんか見向きもしない。二、三十人が輪になって、意味不明の歌を歌いながら、ひとしきり踊り、列車に戻って行った。同じように帰国した引揚げ少年なりのねぎらいの気持ちを示したかっただけだが、肩すかしを食ったようなものだった。

赤い帰還者

当時、山口県下では、岸信介、佐藤栄作両元首相の出身地、田布施村《たぶせ》（当時）に本拠を置く〈踊る神様〉という新興宗教が流行った。あちこちの駅前広場で、信者の善男善女がやはり輪をつくって踊り狂う。異様な情景である。

教祖の北村サヨ（一九〇〇～一九六七）は、人々を、

「ウジ虫ども……」

と呼んでさまざまな予言をしていた。敗戦のひと月ほど前には、サヨが、

「おまえらウジ虫どもよ、ラジオをよく直しておけ。八月十五日には、おまえらウジ虫どもが聞いたことがないような放送があるからな」

と村中に触れて回り、その通りになった。さらに信者が増え、全国に名が知れる。霊感能力の持ち主だったのかもしれない。

サヨについては、もう一つエピソードがある。田布施村の岸信介に、ＧＨＱ（連合国軍総司令部）からＡ級戦犯容疑者としての逮捕状が届き、一九四五（昭和二十）年九月十六日朝、県の特高課長に連行されるのだが、サヨは大勢の信者と踊りながら見送った。いよいよ汽車が出よう

山口県三田尻駅（現防府）前の1947～49（昭和22～24）年頃の様子。「無我の境地のように踊る人々は、目を閉じて何かわからないことを唱和していました。見物人は目を皿のようにして見ていました。踊る神様のことは後で知りました」

とした時、サヨは群衆の前に進み出て、

「おまえら、何をしおたれているか。岸は三年したら必ず帰って来る。神様は殺しやしない。マッカーサーが何をしようが、岸は必ず帰って来るから、おまえらウジ虫ども留守中元気に力を合わせて、おれのところにお参りせよ」

と予言したのである。岸は処刑を覚悟していたが、今度もサヨはぴたりと当てた。三年三カ月で岸は巣鴨拘置所を出所する。不思議なことである。岸については、のちに満州国建国のところで触れなければならない。

　余談が長くなったが、兵隊たちの踊りが〈踊る神様〉と二重写しになって、私は奇妙な感じに襲われたものだ。まもなく駅通いを止めた。

のちに理由がわかる。シベリア抑留者の集団引揚げは、前期（一九四六〜五〇年）と後期（一九五三〜五六年）に分かれるが、前期の一九四八、九年ごろ、ソ連の洗脳思想教育の効果は頂点に達していたという。『引揚げと援護三十年の歩み』（厚生省援護局編・一九七八年・ぎょうせい）には次の記述がある。

〈彼らはそれまでのソ連からの引揚げ者とはまったく様相を異にしていた。引揚げ船中において船長や船員、行動をともにしない同僚をつるし上げるなどの騒乱事件を起こし、舞鶴入港後も船内に居座り上陸を拒否した。なかには滞船百十六時間に及ぶものもいた。

上陸にあたっては、「天皇島敵前上陸！」などと叫び、革命歌を合唱し、上陸後引揚援護局内では合唱、引揚げ踊り等を行い、まったく引揚げ業務に協力しなかった〉

ソ連は不法にも日本兵をシベリアに抑留したうえ、〈赤い帰還者〉に仕立てて送り込んで来たのだ。混乱は引揚げ列車によって全国に広まった。中でも、大騒動に発展したのが〈京都事件〉である。

一九四九（昭和二十四）年七月四日朝、舞鶴港から特別列車三本で千八百人余が京都駅に到着した。北海道や東北地方に向かう列車に乗り継ぐ予定だったが、出迎えた共産党員や労働組合員と警備のため配置された警官隊が衝突、

「引揚げ者が拘束された」

という誤報が伝わり、さらに乱闘になった。四十六人が逮捕される。

三田尻駅ホームの踊りも洗脳組の一コマで、歌は革命歌だったのだ。片田舎の駅ではその程度だが、東京、大阪でも事件が起きた。肉親と共産党関係者が帰還者を奪い合う光景がしばしば見られた。帰還者をスクラムで囲み込み、出迎えた家族に渡さないこともあった。

洗脳組は帰還者の一部である。その中で、思想教育の影響を強く受けた者は、

〈アクティブ（真の指導者）〉

と呼ばれていた。しばらくして、帰還者の一人は、新聞社主催の座談会で、

「婦人、子どものあの真心のこもった歓迎に対してとった我々の態度には、大いなる反省をしている。ソ連にいる間、明けても暮れても一方的な教育ばかり受けて、（日本に対する）敵意をかき立てられたものです。出迎えに、私は心の中では、手を合わせて『ありがとう』とお礼をいいたかったが、アクティブは『赤旗の出迎えに走れ』と命じた。そして、大勢が赤旗に走った」

と心中を明かしている。

「シベリア帰りはアカ」

という風評が全国的に広がり、帰還者たちの苦難の戦後史が始まるのだ。

帰国後の「差別」

政府も警戒を強めた。一九四九（昭和二十四）年といえば、下山《しもやま》事件（下山定則《さだのり》日本国有鉄道総裁の轢死《れきし》）、三鷹事件（無人電車の暴走）、松川事件（列車転覆）が立て続けに起き、国中が不穏な世相に揺らいでいた。十月には中華人民共和国、ドイツ民主共和国（東ドイツ）がそれぞれ成立。シベリア帰還者の騒動も、〈革命の輸出〉と見る者もいた。

一九四九（昭和二十四）年八月十一日、政府は〈引揚げ者の秩序保護に関する政令〉を公布した。引揚げ者が船長や引揚げ援護局長の指示に従う義務を定め、違反者は一年以下の懲役または罰金一万円以下を科することにしたのである。

『引揚げ援護の記録』（厚生省編・二〇〇〇年・クレス出版）には、

〈政令の効果は大きく、引揚げ者は直ちに完全に協力的になった。しかし、政府はなお油断せず、「アクティブは港において早期に見付けられるのを避けるために、蔭に潜み、郷里において世論を基礎として潜かに活動することを〈ソ連に〉許可された」とみていた〉と記されている。帰還者たちは共産主義者運動の扇動者と疑われていた。

故郷に帰ってから、警察官につきまとわれた者が少なくない。証言、記録は数多く残されている。

「何も悪いことをしていない。こちらは〈抑留の〉被害者なのに、なんでこんな目にあうのか」

と怒りの声をあげたのは、帰還からしばらくたってからだった。一般住民の目も厳しく、地元の寄り合いに顔を出すと、

「アカが来ている。今日は大事な話をするのは止めよう」

とあからさまにいわれた。シベリア抑留中の想像を絶する痛苦に続いて、帰国後の差別扱いである。

なぜこんな不条理が起きたのか。ソ連の理不尽はいうに及ばないが、日本人の問題を見逃すことができない。すべてが戦争から発したこととはいえ、シベリア抑留の悲劇には、多くのことが内在している。

12 終わらない「シベリア抑留者の闘い」

とにかく、

〈抑留〉

という文字に特別のインパクトはないが、頭にシベリアがかぶさると、とたんに胸が塞がる思いにつながっていく。それは私たちの世代までかもしれないが、あとの世代も思いを継いでもらいたいと痛切に願うのだ。

旧ソ連軍が連れ去ったシベリア抑留者約五十七万人は鳥取県の人口にほぼ近い。この人たちが戦後たどった運命は過酷に過ぎた。現在の生存者約七万人、平均年齢八十九歳である。

抑留者の中には、いずれも故人になったが、作曲家の吉田正、歌手の三波春夫、元巨人軍監督の水原茂、彫刻家の佐藤忠良、元首相の宇野宗佑《そうすけ》ら著名人もいた。帰国後、努力と才能によって功成った人たちだが、それは少数でしかない。

ところで、国会脇の憲政記念館で、全国抑留者補償協議会（全抑協）の〈解散・記念と感謝の集い〉が催されたのは、東日本大震災の発生からまもなくの二〇一一（平成二十三）年五月二十三日である。集いの締めくくりで約百五十人の参会者全員が「異国の丘」を合唱した。私の学生時代には、コンパの席等でしょっちゅう歌ったなつかしのメロディーだが、いまカラオケで歌う者はいない。

今日も暮れゆく　異国の丘に
友よ辛かろ　切なかろ
我慢だ待ってろ　嵐が過ぎりゃ
帰る日もくる　春がくる

三番まで歌い終わると、老齢の元抑留者の一人が立っていった。

「これ歌ったあと、もう一つ歌ったんだよなあ。何ていったっけなあ」

「赤とんぼ……」

「うん、それ、夕方歌うとねえ、涙が出てくるんですよ」

続いて「赤とんぼ」も全員合唱した。六十数年前、極寒の地シベリアで、夕暮れ時である。生きて帰れるかどうかわからない不安に打ちのめされながら、望郷の念にかられた日々を、みなさん、思い出しているようだった。

「まあ、おれたちは生きて帰れたんだから……」

という声ももれた。帰還者約四十七万人は、死亡した戦友たち約五万五千人（ほかに残留者四万七千人）への鎮魂を胸に、戦後を生き抜いたのだろう。

「異国の丘」余話

哀愁帯びたメロディー「異国の丘」には、隠された話がある。この歌が初めて歌われたのは、敗戦から三年が過ぎた一九四八（昭和二十三）年八月一日の日曜日、NHKラジオの人気番組〈のど自慢〉だった。復員兵らしい男性が、

「この歌は自分がシベリア抑留中、戦友たちとよく歌った曲です。これで励まされたのです」

と口上を述べ、作詞・作曲者不詳、従って曲名もないまま歌った。会場はシーンとなり、感動を呼ぶ。ジャーナリスト出身の作詞家、佐伯孝夫はラジオで聞いて強く魅せられ、ビクターに掛け合ってすぐにレコード化し発売、曲名を「異国の丘」とした。大ヒットする。

ビクターとNHKは作詞・作曲者を懸命に探し、作詞者は増田幸治と判明したが、肝心の作曲者がわからない。そのころ、シベリアから帰国した、のちの歌謡界の大御所、吉田正（一九二一～一九九八）は、あの地で作曲した「大興安嶺突破演習の歌」という軍歌のメロディーが曲名

を変え日本中で流れているのに驚く。

ビクターに名乗り出たが、証拠がなく認められない。しかし、幸運にも、復員した戦友の一人が譜面を偶然持ち帰っていて、〈吉田正作曲〉が認知されたのだった。シベリア秘話の一つである。

情義なき政治

全抑協の話に戻すと、

〈戦後最大の組織的、計画的な拉致事件〉

といわれたシベリア抑留者の補償問題は大幅に遅れた。生存者の帰還が終了したのは敗戦から十一年余が過ぎた一九五六（昭和三十一）年暮れ、最後の引揚げ船〈興安丸〉が京都・舞鶴港に入港した時である。

しかし、南方で米英等、連合軍の捕虜として働かされた旧軍人には、日本政府から労賃が支給されているのに、シベリアの捕虜には支給されない。それは不平等ではないか、と遅ればせながら、帰還終了から二十三年もたった一九七九（昭和五十四）年九月、全抑協が結成された。

以来、三十二年間に及ぶ苦しい運動だった。最後の会長をつとめた平塚光雄（八十四歳）らは、

「このままでは労賃もない奴隷になってしまう。それでは死んでも死にきれない。金額の問題じゃない。国は私たちの存在を直視してほしい」

と訴え、国会前に座り込みをしたり、司法に救済を求めたこともあった。しかし、政府は理解を示そうとしない。

全抑協がやっと解散にこぎつけたのは、民主党政権に移って二〇一〇（平成二十二）年六月、〈戦後強制抑留者特別措置法〉（シベリア特措法）が成立をみたからだ。すでに六万二千人が最高百五十万円の特別給付金を受け取った。

〈解散・記念と感謝の集い〉で車イスの平塚会長は、

「シベリア特措法を制定していただき、『長生きしてよかった』と一同感動しました。二十一世紀に入り、平均年齢が八十歳を超え、動ける者の数も減り、もう本当に無理なのか、となかばあきらめの声も出始めておりましたから、まことに喜びにたえません」

と謙虚にお礼の言葉を述べたが、それにしても遅きに失していた。

この集いには、日ソ復交を果たした祖父、鳩山一郎の縁で、シベリア特措法の成立に奔走した鳩山由紀夫元首相をはじめ閣僚、各党代表が出席し、多年の労をねぎらった。私も挨拶を求められたので、

「ずーっと感じてきたのは政治と行政の薄情だ。なぜこれほど薄情になれるのか。国は面倒を見ようと思えば見ることができたのに、なぜちゃんと対応しなかったのか。この〈なぜ〉をぜひとも解明したい」

と述べたが、シベリア抑留者だけではない。戦争犠牲者すべてについて、戦後の日本社会、特に政治は冷たかった。〈なぜ〉を解明するのは容易なことではなさそうだが、私は〈忘却民族〉と呼んでいる。石原慎太郎東京都知事は大震災のあと、〈我欲の民族〉への天罰と酷評した。いずれも十分ないい方ではないが、民族性がかかわっていることは間違いない。

だが、まだ回顧、総括の時期ではない。集いで、全抑協副会長の大野清は、

「シベリア特措法の成立は本当に夢のようだが、しかし、これで打ち止めではなく、本格的な国の事業としてはこれから始まりだ。一体何人がシベリアに連れて行かれたのか、何人が死んだのか、最低限のことを国は明らかにすべきだ。遺骨さえ還ってない遺族の思いを国は受け止め、国民全体で分かち合うべきではないか。今後、実態解明に全力をあげることをお願いしたい」

と声を張り上げた。頭がツルツルの大野はさらにこう加えた。

「同じように悲惨な体験をし、日本人以上に苦労された韓国・朝鮮・中国・台湾の元強制抑留

者の人たちにも、相応の措置が講じられるべきだと考える。

また、次世代への継承、再発防止も大切な課題だ。私たちもそうした活動にささやかでも貢献できるよう、長生きして余命を全うしたい」

私は涙がにじんだ。敗戦はこんな形で続いている。

13「シベリア抑留」の理由

ソ連はなぜ多数の日本人を抑留したのか。舞台は戦争終結直後の混乱の満州、主役はスターリン圧政下のソ連、戦勝国間の利害も複雑に衝突する中、当時から諸説が入り乱れ定まらなかった。

比較的真相に近いと思われるのは、敗戦から半世紀を経た一九九五（平成七）年七月三十日付の『毎日新聞』に掲載されたイワン・コワレンコ元ソ連共産党中央委員会国際部副部長の証言である。

コワレンコは敗戦前後、ワシレフスキー極東軍総司令官の副官として関東軍との停戦交渉に加わった人物で、日本語が達者だった。のちに抑留者向けの『日本新聞』*編集長等を務め、退任後は長く対日工作の責任者としてにらみを利かせた。

＊『日本新聞』…後に『日本しんぶん』、ソ連により一九四五年に創刊。コワレンコが大場三郎の偽名で編集長を務めた。

私も一度会ったことがある。一九七九（昭和五十四）年秋、ノーボスチ通信社の招きで、毎日新聞社の平岡敏男社長が訪ソした折、カバン持ち（同社秘書室長）で同行したが。モスクワでの歓迎宴にコワレンコが現れた。

宴席のメインテーブルのイスが一つだけ開宴後もしばらく空いたままなので、どうしたことかと思っていたら、コワレンコがおもむろに姿を見せ座った。彼がどんなスピーチをしたか忘れてしまったが、共産ソ連らしい居丈高《いたけだか》な態度だな、と不快に感じたのを記憶している。

その証言だが、抑留の理由について、要旨次のように述べた。

「ソ連は第二次大戦で約三千万人の労働力を失った。スターリンは戦後の経済復興のため、すでにドイツ等、敗戦国の捕虜多数をソ連領土内に連行し、強制労働に従事させていた。日本に対しても、かなり早くから捕虜抑留の方針を決めていた。準備を開始したのは、連合国が日本に無条件件降伏のポツダム宣言を出した（一九四五年）七月二十六日の直後だ。

私が日本人抑留者向けの『日本新聞』編集長に推薦されたのは七月三十日で、八月二日にはソ連共産党中央委軍事部が承認の電報を打ってきた。日本人捕虜の抑留を命じたスターリンの極秘指令は約一カ月後の八月二十三日に出されているが、これだけの準備期間を置かないと当初予定されていた五十万人もの捕虜の移送ができなかったからだ」

抑留は戦後復興の労働力を確保するためで、対日参戦（八月九日）前から決まっていた、とコワレンコは証言している。

「報復説」と「密約説」

ソ連側の資料によれば、第二次大戦の終結によってソ連が抑留し強制労働させた捕虜はドイツが二百三十八万人、日本が六十四万人等、二十四カ国、四百十七万人にのぼったとされる。この数字は日本の厚生労働省のデータ（五十七万五千人）と食い違い、いまも確定数がないのだ。また、ソ連による抑留は一般に〈シベリア抑留〉と呼ばれてきたが、実際に捕虜が運ばれたのは、東はカムチャッカ、西はモスクワ近郊、北は北極海に近い広大な地域に及び、シベリアというより〈ユーラシア抑留〉といったほうが正しかった。収容所は約二千カ所にのぼったという。

日本人抑留をめぐっては、報復説等も流れた。次のような背景がある。

終戦前、ルーズベルト米大統領は日本の早期降伏の道を探っていた。日本本土上陸作戦を敢行すれば米軍が多数の犠牲者を出すので避けたい。ソ連参戦は日本の降伏を促す有力なカードだった。

一九四五（昭和二十）年二月四日、ルーズベルト、スターリンにチャーチル英首相を交えたヤルタ会談では、対日参戦の見返りとして南樺太、千島列島をソ連の帰属とすることで合意している。さらに、ルーズベルトの死（四月十二日）で副大統領から米大統領に昇格したトルーマンは七月十七日、ポツダムでスターリンに参戦を要請した。

しかし、八月に入ると、スターリンは南樺太、千島列島に加えて、北海道の北部（釧路から留萌を結ぶ線の北側）の領有も求め、トルーマンは拒否している。原爆の完成、投下で、対日参戦をめぐる米ソの駆け引きに変化が生じていた。この直後、五十万人抑留のスターリン極秘指令が発せられた、という経過から、

「あてにしていた北海道占領が不可能になったから、ソ連は報復として抑留を指令したのだ」

という説がひところ広がった。ほかにも、日ソ両軍の密約説等があったが、いずれも、根拠に乏しい。

ところで、そのころ、日本の権力中枢は何をしていたのか。若槻礼次郎元首相（一九二六［大正十五］年に第一次、一九三一［昭和六］年に第二次政権担当）の自伝『古風回顧録～明治、大正、昭和政界秘史』（一九五〇年・読売新聞社）によると、

〈ポツダム宣言を受諾する直前に、ソ連に講和を依頼しよう、ソ連の好意によって有利な解決を図ろうという動きがあった。そして、陛下の勅使として、皇族か近衛文麿公（元首相）を出そうということで、ソ連に申し込んだらしい。

しかし、もうその時はヤルタ会談で協定が成立して、ソ連は満州に出兵する、千島まで取ってしまう約束ができていたのだから、ソ連と手を握ろうとしたことは、いわゆる恥の上塗りだった。いよいよ頼みの綱が切れたので、「日本の皇室はどこまでも保存する」ということを条件にして、ポツダム宣言受諾が決まったものと思う。

溺れるものはワラをも掴むというが、ソ連にすがっていこうとしたことは、この終戦の折ばかりでなく、戦時中にもあったことである……〉

等と中枢の内情の一端を明かしている。ソ連がキバをむこうとしている時、それにすがろうとしていた。このレベルの国際情勢の分析力だったのかと驚かされる。

同じ自伝によると、ある時、若槻ら重臣四人が近衛邸に集まって、やはり

「ソ連と手を握るしかない」

という話になり、

「重光に聞いてみよう」

と重光葵《しげみつまもる》外相を呼んだ。重光はソ連大使も務めたことがある。

「ソ連が日本につく等ということはありえない」

と断言したというが、何とも寒々しい秘話である。

楽観的すぎた予測

日本側がモタモタしているうちに、ソ連は参戦、停戦、抑留とコワレンコ証言にあるように既定方針どおりの段取りを進めていったのだ。戦争に負ける、というのはこういうことかもしれない。だが、戦争終結後もおびただしい人命が失われた大悲劇を、少しでも食い止める手立てがないはずがない。

停戦交渉の会談は、ソ連参戦から十日後の八月十九日、ソ満国境に近い沿岸地方のジャリコーヴァの小屋（ソ連極東第一方面軍司令部）で行われた。日本側は秦彦三郎関東軍総参謀長（中将）と瀬島龍三参謀（中佐）、宮川船夫《ふねお》在ハルビン日本総領事、ソ連側はワシレフスキー極東軍総司令官とマリノフスキー元帥らだった。

この時成立した協定の内容は、〈日本軍の名誉を重んじ、階級章と帯剣を認める〉といった

もので、抑留の話はない。新京（現長春）に帰って来た秦総参謀長は、心配して出迎えた満鉄総裁の山崎元幹《もとき》らに、

「ソ連軍は寛容だ。一般住民には危害を加えない」

と楽観的な予測を得意気に語ったという。何も見えていなかった。期待はすべて裏切られていく。状況が予想をはるかに超えても悪化した時はすでに手遅れだった。

九月五日付で関東軍参謀から東京の大本営陸軍部に一通の緊急暗号電報が届いた。

〈在大陸二百万軍隊ノ処理モサルコト乍《ナガ》ラ在留邦人ノ被害其ノ深刻ナル言語ニ絶スルモノアリ……同胞ノ大部ハ遠カラズ餓死凍死ニ至ル事ハ既定ノ事項ナリ、故ニ若シ国家トシテ之ヲ救済ノ方途ナクンバ万策ヲ尽シテ之ヲ内地に速カニ収容ノ外ナク之亦同胞ニ対スル国家トシテノ情《ジョウ》義《ギ》ナルベシ……〉

悲壮感が伝わってくる。しかし、情義どころか、すでに国家としての機能が失われていた。関東軍はソ連軍によって武装解除、司令官以下幕僚は拘束され、ほとんどがシベリア送りの運命にあったのだ。

14　遠ざかる祖国

〈これはあくまでも私が身をもって体験したことで、私が直接この目で確かめ、この耳で聞きとった事柄ばかりであります。

私が読者の皆さまに訴えたいのは、戦争のために多くの同胞たちがいかなる境遇に置かされていたか、そしてまた戦争とはいかに悲惨なものであるか。それを銘記していただくためにペンを執った次第です〉

とシベリア抑留帰還者の一人、金子謙治郎は書き出している。自費出版の手記『太陽の死角』（一九七四年刊）だ。金子は八十七歳、いまも神奈川・川崎市で健在である。

シベリア抑留問題を記すのが長くなっているのも、同じ理由からで、戦争の悲惨は戦中から戦後に及んでいたことの再確認にほかならない。金子の手記を通じて、苛酷な抑留生活の一端を紹介し締めくくりたい――。

減っていく仲間

ソ連軍の捕虜になった金子らは、収容所を転々と移され、朝鮮に隣接した満州の延吉《えんきつ》収容所に着く。一九四五（昭和二十）年の暮れだった。全員が農場に向かう羊の群れのように生気なく、疲れ切っていた。

伸び放題の髪と爪、痩せこけた顔、異様に光る目。身にまとったボロの上には無数の虱《しらみ》。まさに言語に絶する惨たんたる光景だ。この地獄絵に加え、糧秣《りようまつ》はトウモロコシの粉となさけ程度の塩しか与えられない。栄養失調のからだは日に日に衰えを増していく。衰えないのは、ますます猛威をふるう発疹チフスと死亡者だけだ。多い日には二十人が他界していった。

ある日、金子の隣に寝ていた四十過ぎの召集兵が高熱にうなされた。うわごとに、妻子の名前を呼び続けていた。次の朝、目を醒ましてみると、彼はすっかり冷たくなっていた。鰯の缶詰のように立錐の余地もない中、一晩中死者と寝ていた訳だ。

他人ごとではない。明日はわが身と、死神にとりつかれたように、恐怖におののいた。しかし、何一つとして対処する術《すべ》もない。虫けらのようにバタバタ死んでいく戦友を、うつろな眼で傍観しているだけだった。

「いままで何か悪いことをしてきた報いがこれなのだろうか」

とつまらぬ理屈で慰めるほかなかった。

ある夜、発狂した戦友が零下二〇数度の中、すっ裸のまま外に飛び出した。監視兵の近くまで行ったところ、あっという間に射殺されてしまった。

延吉に着いた当時は一千人だった大隊も、半数ぐらいに減っていた。使役に出る朝の点呼で、一人減り二人減りしていくのを見ると寂しく切なかった。薪とりの使役はすぐ裏山の木を切って来るだけのことだったが、帰って来るとそのまま死体埋葬の作業をするのが日課になっていた。

零下二〇度の地面は一メートル近くも凍りついている。ろくに体力もない金子たちは、せいぜい二、三〇センチしか掘れない。溝ができると、びっしりと死体を並べ土をかけるのだが、溝が浅いので、ところどころから合掌した死体の手がはみ出している。収容所の付近一帯は死体の露出した不気味な墓場となっていった。

一九四六（昭和二十一）年の五月半ば、突然ソ連軍から帰国命令が出た。一日千秋の思いで待ちこがれていたものだ。あまりの喜びに一同気抜けでもしたように茫然となってしまった。さっそく身支度を整え、駅に準備されていた貨車に乗り込んだ。あちらでもこちらでも有頂天になって喜び合っている。

列車は南下を始めた。

「内地への乗船は釜山からだ」

「いや、釜山は米軍のものになっているから、途中興南あたりだろう」

と、みんなの表情はとても明るかった。

五月三十日、興南に着き、収容所に入れられる。ここは元日本軍が米軍捕虜を収容していたところだった。まったくの運命の悪戯《いたずら》といおうか、知らされた時はみんなびっくりしてしまった。

シベリア連行の「絶望」

一週間目に、兵役当時の階級・学歴・職歴等を調査され、同時に健康状態の確認がなされた。帰ることのうれしさのあまり、多少健康のすぐれない者まで、

「至極元気だ」

と答えた。

調査が終わると、日本軍が使っていた外套《がいとう》等が渡され、一寸戸惑った。これから夏に向かうというのに、何でこんなものを支給するのだろう。みんなで、

「これはおかしいぞ、何かあるぞ」

「いや、着のみ着のままじゃあまりだから、土産代《みやげが》わりにくれるんだ」

等といいあった。一方では不安はつのるばかりだった。翌日になり、

「興南から船でウラジオに連れて行かれるらしい」

という噂《うわさ》が流れ出した。楽観論者たちは一瞬押し黙ってしまった。ソ連行きの噂はかなり真実性があるようだった。しかし、金子は、万に一つでもよい、どうかこれは噂だけであってほしいと願った。

しかし、船はその日の午後出帆し、案の定、北朝鮮の沿岸沿いに北上を始めた。絶望である。

「ちきしょう！　もうどうにでも勝手にしやがれ！」

とやけくその覚悟をしなければならなかった。

翌日の夕刻、ソ連領ポシェット港に着岸した。生まれて初めてソ連の土を踏んだ瞬間、とうとう来るべきところまで来てしまったのだと、落胆とも憤懣ともつかぬ妙な気持ちになった。

次の日、着剣し、軍犬を従えたソ連兵に、

「ダワイ、ダワイ」

と追い立てられながら、いくつもの見知らぬ丘を越え収容所に向かった。ロシア語のダワイとは動詞の現在形で、英語のドゥーに類似している特有の語だという。前に書いたように「おい、何か出せ」という時の「出せ」にもなる。

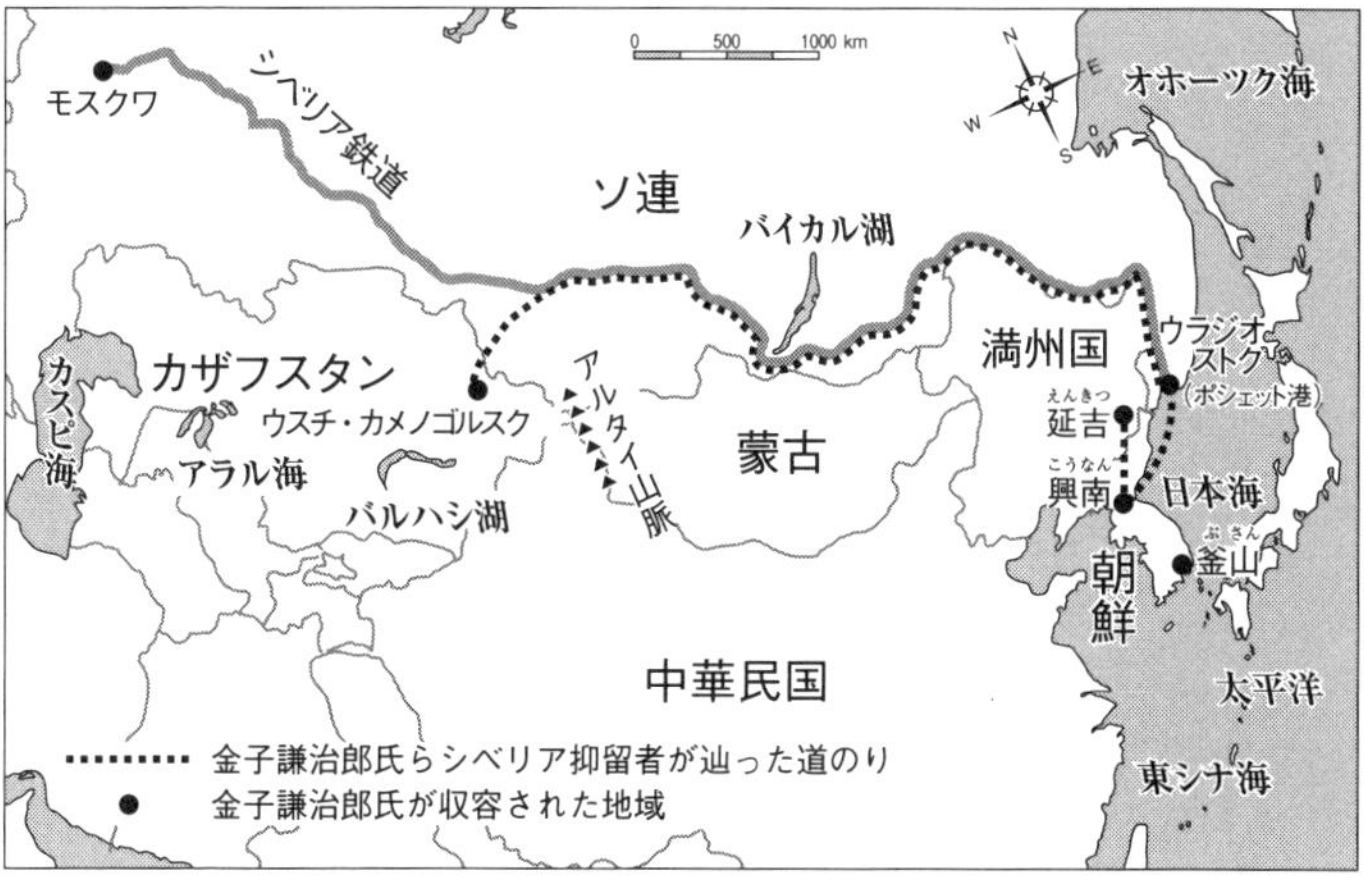

シベリア抑留帰還者の一人金子謙治郎氏のたどった道のり

ソ連入りしていちばん困ったのは食事だった。いままで雑炊《ぞうすい》ばかりだったのに、三度の食事のすべてが黒パンとスープだけに限られた。生まれて初めての黒パンである。イーストの芳香がプーンと鼻につき、さもおいしそうに食欲をそそった。匂いにつられて口にして驚いた。

口じゅうが唾でいっぱいになるほどの酸っぱさだ。アゴの付根までツーンとして、とても食べ物といえる代物ではなかった。仕方なくスープだけは我慢して手をつけた。しかし、スープだけではとても身体がもたない。仕方なく目をつむり、一口食べてはまた間をおき一口食べた。黒パン以外に食べる物がなく、これが唯一の生命の綱だと思い、無理やり口を黒パンに合わせた。世界で一番まずい主食はこの黒パン、と聞かされた。

六月二十日、金子たちはまた貨車に詰め込まれた。

ポシェットを出発した列車は、ソ連の奥深くに向かった。行き先は全然見当もつかない。長い列車の旅が続いた。真上から照りつける太陽熱のために、鉄板だけでつくられた貨車は、ジリジリと焼きつくような熱さに襲われた。五〇トン車とはいえ、六十人も詰め込まれ、小さな小窓が息抜きにあるだけだ。
　乗車して二十一日目の七月十五日、列車はカサフ《(ママ)》共和国のウスカメノウムルスク《(ママ)》に着いた。物珍しげに見る街の者たちを、金子たちも珍しげに眺め返しながら新しい収容所に向かったのだ――。

　さて、私は世界地図を開き、ロシアを見た。金子は、
〈いまどこを走っているのか、車内に閉じ込められっぱなしなので皆目見当もつかなかった〉
と書いているが、いまの地図によると、着いたのは、カザフスタンのウスチ・カメノゴルスクと思われる。ポシェットから直線距離にして約三〇〇〇キロ、シベリアを横断し、アルタイ山脈の西側まで四～五〇〇〇キロ運ばれたに違いない。気の遠くなるような捕虜の長旅だった。

15　田中角栄の反撃

シベリア抑留帰還者の一人、金子謙治郎の手記によると、カザフスタンの最後の収容所に着くまでのソ連側の仕打ちは牛馬同然の扱いで、悲惨を極めた。

しかし、収容所生活のほとんどは炭坑の採炭労働だったが、割合平穏に過ぎている。ウクライナから強制移住させられた現地労働者に、

「人の自由と幸福を踏みにじり、少しでも不平をいうと国家の反動分子として罪人扱いにして酷使する。スターリン政権はまったくひどいものだ。スターリンはとんでもない奴だ。このことは絶対に他言しないでくれ」

とソ連へののしりを聞かされ、逆に金子がびっくりした、という記述まである。

約五十七万人（ソ連側資料六十四万人）の日本人捕虜が旧ソ連全域二千カ所の収容所に分散拘留されたのだから、生活はさまざまだったが、

〈極寒・飢餓・重労働〉

の三重苦はどこも共通していた。

ところで、戦後六十余年、私がある船旅の途中、寄港地の京都・舞鶴港に入港したのは二〇〇八（平成二十）年九月八日である。

〈舞鶴引揚記念館〉を見学したが、館内には、シベリア抑留者の苛酷な生活の様子が模型で並んでいた。抑留者の一人、宇野宗佑《そうすけ》元首相のナマの声もテープで聞くことができる。

たまたま前日の九月七日、〈引揚げ最終船舞鶴入港五〇周年記念事業〉が催されていた。引揚げは大事業だった。終戦時は、海外に残された日本人は六百六十万人といわれる。すみやかに帰国させなければならない。政府は舞鶴ほか九港を引揚げ港に指定した。

第一船の〈雲仙丸〉は釜山から陸軍軍人二千百人を乗せて、一九四五（昭和二十）年十月七日、つまり八月十五日の終戦から二カ月足らずで舞鶴に入港している。シベリアへの連行をまぬがれた幸運な兵士たちだった。

最終船の〈白山丸〉が舞鶴に入港したのは一九五八（昭和三十三）年九月七日、記念事業のちょうど半世紀前になる。第一船から最終船まで十三年間の入港回数は舞鶴だけで三百四十六回。約六十六万人の引揚げ者と遺骨一万六千柱を迎え入れた。

記念事業で、ＮＰＯ法人〈舞鶴・引揚語りの会〉が海岸に設置した案内板を見に行った。〈岸壁の母・妻〉の名称がついている。当時、息子や夫、父の帰りを待つ多くの家族が岸壁にたたずんだのだった。

案内板には、一九五〇（昭和二十五）年ごろ撮影された、父の帰りを待つ幼い兄弟二人と母の写真が埋め込まれていた。除幕式にこの兄、小谷嘉一郎（二〇〇八年二月、六十五歳で死去）の妻、登志子（当時六十四歳）が出席し、

「こういう形で夫と家族の姿が残るとは思いもよらず、感慨ひとしおです。夫と一緒に来られたらよかったのですが」

と声をつまらせた、と地元紙が報じていた。小谷の父は結局、帰国しなかったという。シベリアの地に眠っているのだろう。

ソ連主導の「国交回復」

ところで、日ソ国交回復の交渉が始まるのは最終船の舞鶴入港三年前の一九五五（昭和三十）年である。戦後十年が経っていた。

この年一月七日、東京・音羽の鳩山一郎首相邸の裏門を一人のロシア人が訪れた。元ソ連駐日代表部臨時首席のドムニツキーである。日本と外交関係がなく、外務省に接触しても相手に

されないので、直接訪問したのだった。

鳩山は前年暮れの政権発足の時から、日ソ復交を目標の中心に据えていた。アメリカ一辺倒の前任者、吉田茂に対する対抗心も強かった。

ドムニツキーに会うと、

「現在、日ソ間には国際的交渉のルールがないが、この際、戦争終結宣言によって戦争状態を終わらせ、国交回復の公文を交換し、大使を派遣しあいたい。その後、領土、通商、戦犯、日本の国連加盟等の諸懸案について交渉したい」

という提案である。鳩山はこの話に乗った。反共・反ソの重光葵外相は反発し、アメリカは不快感を示したが、鳩山は早期妥協論に踏み切る。

ひとつ、ドムニツキーの〈戦犯〉という言い方がひっかかった。日ソ交渉の全権に任命された駐英大使等外交官出身の政治家・松本俊一は、マリク・ソ連代表（戦争中の駐日大使）とこの年、ロンドンで交渉を重ねたが、抑留者問題では、松本が、

「ソ連は終戦間際に日本に宣戦布告しただけで、日本はソ連に布告していないから、戦犯がいるはずがない。いまただちに釈放すべきだ。日本側調査によれば、ソ連からの未帰還者は、生存確認数一千四百五十二人、状況不明者一万一千百九十人だが、ソ連からは十分な回答がない」

と詰問した。マリクは抑留者名簿（軍人、民間人計一千三百六十五人）を手渡し、一応の誠意を示したが、交渉の最大の壁は領土問題で、漁業権ももめた。

病身の鳩山がモスクワ入りしたのは、翌一九五六（昭和三十一）年十月十二日、杖をつきながらだった。

フルシチョフ共産党第一書記、ブルガーニン首相、グロムイコ外相が出迎えた。全体会議に入ると、フルシチョフは、

「日露戦争は日本の帝国主義が発達してロシア侵略を行ったものだ。だから、終戦時、ソ連は満州に侵入したのだ」

等と暴言に近いことを口にした。万事、ソ連側の態度は粗野で、やたら乾杯を求め日本側を困らせた。が、とにかく十月十九日、日ソ共同宣言の調印にこぎつけた。

宣言は十カ条から成っており、第五条に、

〈ソ連で有罪の判決を受けたすべての日本人は、共同宣言の効力発生とともに釈放され、日本に送還される〉

と記された。だが、送還の最終船までさらに二年を要したのである。

十一月一日、鳩山一行がアメリカ経由で帰国すると、羽田空港は歓迎の人波で埋まっていた。

旗、ノボリが林立し、
〈祝　日ソ国交回復〉
等とともに、
〈鳩山総理に感謝　在ソ連抑留邦人帰還期成同盟〉
のノボリもあった。

ソ連への怨念

だが、冷戦下、日ソは疎遠が続く。鳩山訪ソから十七年が過ぎる。一九七三（昭和四十六）年九月、田中角栄が日本の首相として二人目のモスクワ入りをした。

迎えたのはブレジネフ書記長、コスイギン首相、日本側の狙いはやはり領土問題だった。田中はのっけから切り結んでいる。

「日本人はソ連に対していい感情を持っておりませんよ。ソ連は中国と同じく我国の隣国だけれども、気持ちのうえでは中国と比べてはるかに遠い。どうしても納得できないものがあるんだ。許せないという感情がある。

それはあの昭和二十年八月九日にソ連が日ソ不可侵条約を破って参戦して、当時の満州になだれ込んで来たからじゃない。日本があっさり無条件降伏した時に、中国政府は大陸にいた数百万人の日本軍の兵士や在留邦人を『母のもとに帰れ』といって全部日本に送り返した。ところが、ソ連は何十万という関東軍の兵士をそのままシベリアに連れて行った。これが、日本人がソ連に納得できない理由なんだ」

コスイギンが即座に反論した。

「中国は飯を食わせられないから、口減らしのために早く返したんだ」

「口減らしのためであろうが何であろうが、中国はとにかく大勢の日本人を母のふところに返してくれた。ところがソ連は、わが同胞に酷寒の地で飯もろくろく食わせず、重労働させた。そのため多くの日本人が異郷で死んだ。中国が口減らしとは、何をいうか。無念の思いで死んでいった人たちの親類縁者が亡くなるまでは、五十年も六十年もかかるんだ。それまでの間、ソ連を許せないという日本人の感情を払拭《ふっしょく》することはできない」

と田中は一気にまくしたてた。田中ならではのタンカである。ソ連側は声も出なかったという。

田中訪ソから四十年、旧ソ連への怨念は薄れても消えていない。

16 変わり果てた故郷・大連

幾星霜が流れ去っても、〈満州〉の二文字はいささかも古びてこない。不思議なことである。夏になれば、あのアカシアの白い花の甘い香りが鼻に心地よかった日々がよぎる。冬といえば、痛いほどの極寒とツララ、スケート靴を履き滑って登校したこともあったっけ。

講演先等に渡す私のプロフィールは、いまも、〈一九三五年十月、旧満州大連生まれ、一九四七年二月、山口県防府市に引揚げ中学、高校を修学……〉で始まっている。

戦後数回、空路、生まれ故郷を訪れた。大ざっぱな感想をいえば、敗戦前、私たちが住んだころの大連は美しく、磨き抜かれた国際都市だった。戦後、日中国交正常化（一九七二［昭和四十七］年）のあと行ってみると、大連は薄汚れた街に一変していて、がっかりさせられた。しかし、その後、中国を代表する洗練された大都市に生まれ変わっていく。

敗戦から六十八年、旧旅順を包含した大連は人口六百六十万人。上海とともに中国の政治、経済、軍事、文化、観光の中核都市として、今後も成長していくのだろう。だが、私は、郷愁

「アカシアといえば、大連の学校の裏手の小高い丘に、アカシアの木がいっぱい植えてあったことを思い出します」と田辺満枝氏。「満開のころはその丘がアカシアの花で白くなりました。子どものころ花をたくさん摘んできては、その蜜をせっせと舐めたものです。少し大きくなってからは、花の香に惹かれるようになりました」

を覚えながらも、

「あのころと違う」

と思っている。

どう違うのか。それはうまく説明できない。批判されるのを覚悟でいえば、あのころは日本人が愛し育んだ大連だった。日本人の体臭がしみこんでいた。いまはまったく違う。緯度、経度が同じだけ、大連港、大連駅等、主要建物の位置が同じだけである。

一生ついて回る〈満州〉とは、一体なんだったのか。履歴の最初が〈旧満州〉から始まるのは不快どころか、誇らしくも思っているが、しかし、個人的体験と感傷を超えた、日本と日本人にとっての満州を整理しておかなければならない。

それは、日本人が等しく経験することになった、

〈敗戦〉

という悲劇をめぐる受け止め方の違いにつながっていく。

一九四五（昭和二十）年八月十五日、日本がポツダム宣言を受諾し、第二次世界大戦が終結した日、どこに住んでいたかが極めて重要だ。敗戦という区切りに違いはないが〈満州での敗戦〉と〈内地での敗戦〉は明らかに違った。デリケートな問題である。

海路「大連」へ

それを語る前段として、わが一家の小史を書いておかねばならない――。

父・岩見長久《ながひさ》（一八八八［明治二十一］年出生、一九七八［昭和五十三］年八十九歳で死去）は山口県出身。農家の二男で、田舎の高等小学校を卒業後、広島の郵便局に勤務していたが、一九〇七（明治四十）年八月満州に渡り、大連逓信省に入局した。十八歳である。父は何も語り残していないが、日露戦争の終結直後、大連には戦乱の跡が色濃く残っていたはずだ。

父の渡満二年前の一九〇五（明治三十八）年九月、日露戦争勝利を締めくくるポーツマス条約が締結された。その結果、ロシアから譲渡された東清鉄道の南半分（新京・現長春郊外の寛城以南

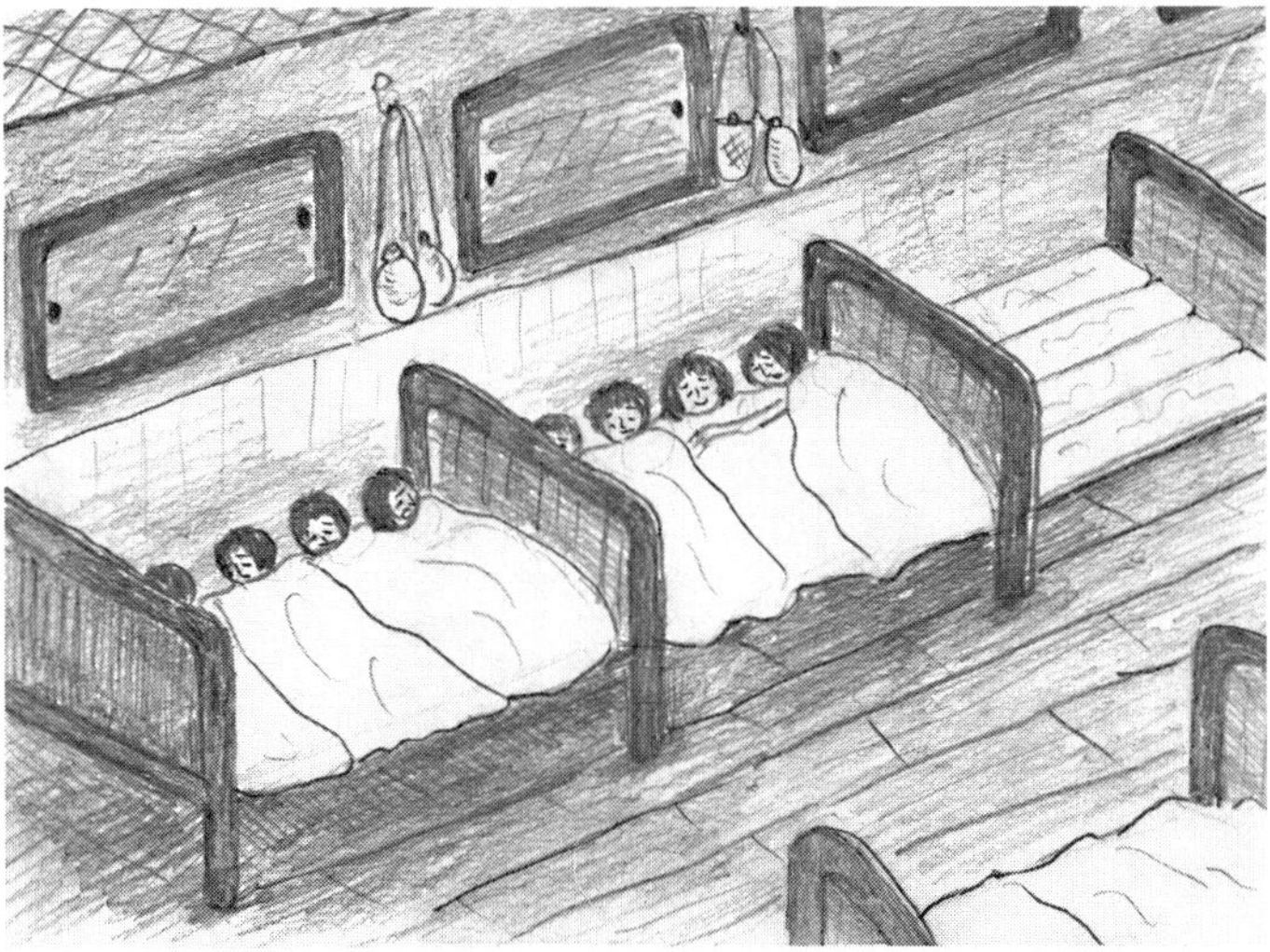

田辺満枝氏が満鉄に乗った時の様子。「満鉄の貸切列車で新京（現長春）から大連までの夜行列車でした。座席と座席の間に板を四枚渡してベッドのようにしました。四人一緒に寝たのでとても窮屈でした。毛布を持参していましたが、毛布を括りつける皮製のベルトがありました。懐かしい思い出です」

の鉄道）と付属利権をもとに、当時日本最大の株式会社として、一九〇六年十一月、南満洲鉄道株式会社（満鉄）が発足した。初代総裁に後藤新平が任命される。〈満州の時代〉が始まり、満鉄は敗戦までの約四十年間、日本による満州経営の拠点になったのだ。

　一九二一（大正十）年十月、父は母・安子（一九〇一［明治三十四］年出生、一九九二［平成四］年九十歳で死去）と結婚、大連に居を構える。以来、満州電信電話株式会社（満電）に移り、開原、新京、吉林と満州各地を転々とし、一九四七（昭和二十二）年の引揚げまで父の在満期間は四十年、母は二十八年に及んだ。両親は満州一世であり、私ども四男四女は満州二世といっていい。その二世もすでに世を去ったり人生のたそがれを迎えている。

さて、二〇一一(平成二十三)年、私は空路でなく、初めて海路大連を訪ねる機会を得た。郵船クルーズ社の客船・飛鳥Ⅱ(約五万トン)が企画した〈ノスタルジック北京・大連クルーズ〉に参加したのである。

九月二十三日、横浜を出港、神戸、松山を経て大連に向かうコースだった。松山港を出たあと、関門海峡大橋の下をくぐり、対馬と壱岐の間を抜け、玄界灘を通過、済州島を左に見ながら一路黄海を北上する。荒れるといわれる玄界灘は比較的波静かだったが、私は少なからず緊張した。

無理もない。私たち一家七人、一九四七(昭和二十二)年二月十三日、引揚げの貨物船〈北鮮丸〉に詰め込まれて大連港を出港、同じコースを南下したのである。あの時は船底にすし詰めで、食事ものどを通らず、長崎県佐世保港に着いた時は、ああ助かった、とただそれだけを思ったのだった。

「八号岸壁」に接岸

九月二十八日昼過ぎ、飛鳥Ⅱは大連港に近づいた。私は早くからデッキに立って陸を凝視していた。六十四年ぶりに海から眺める大連港である。なつかしいに違いないが、それだけではない万感迫るものがあった。

午後二時、船は八号岸壁に巨体を接岸させた。躍進中国のことだ。さぞ港湾も近代化し、様変わりしていることだろう。ところが、目の前に現れた情景は予想とまるきり違う。

「これは一体、どうしたことだ」

と私は目を疑い、つぶやいた。

かすかに記憶に残る、旧大連港埠頭の細長い二階建てが朽ち果てたように横たわっているではないか。壁が落ち、鉄骨がむき出しになり、まるで廃墟だ。あの時、この二階で出港の日を待ちわびながら、寒さと飢えで赤ん坊や老人が何人も亡くなった。否応なく思い出す。

私は不思議で仕方なかった。朽ちた建物は使っている気配がまったくない。中国側はそんな形で、なぜこんなに長期間、放置しているのだろうか。聞くところによると、一九七六（昭和五十一）年に新港が建設されて港湾施設は巨大になり、上海についで第二の貿易量を誇っているという。岸壁も十数カ所あるということだった。敗戦のころは一カ所である。

私はすぐに船員に尋ねた。

「八号岸壁が旧港の跡であることは知っていたか」

「ああ、それは知っていた」

「なぜ飛鳥Ⅱは八号に着岸したのか」

「わからない。中国当局の指示だから」

ということだった。

中国側は、日本からの観光客に、日本統治時代の象徴的な建物のうらぶれた醜い姿を見せつけたかったのか、と思ったりしたが、邪推かもしれなかった。

とにかく、大連港ショックだった。決していい気分ではない。なにしろ政治的プロパガンダのお得意な国だから、といろいろ勘ぐった。歴史記念物として保存するというなら、仕様があるだろうに。これではまるでさらしものだ。

廃墟の前に私たちは上陸し、そこから観光バスに乗って、大連、旅順を見物した。最初に案内されたのが、なんと古めかしい満鉄の旧本社、いまは大連鉄道局に使われている。日本人向けの観光資源の一つになっているらしい。

総裁室を見た。かつて、鉄道だけでなく満州権力のすべてを掌握していたにしては、意外に小ぶりな部屋だった。歴代総裁十七人の写真が壁にかかっている。初代の後藤新平、十代・山本条太郎、十四代・松岡洋右らそうそうたる満州人脈の面々。後藤の訓言が書かれた額も下がっていた。

〈貧乏は不名誉ではない。貧乏を恥じる心が不名誉だ〉

もうひとつ、ピンとこない文句である。あのころの統治者の気風なのだろう。

後藤は一九〇六（明治三十九）年十一月から二年足らずの在任だった。そうなると、額も百年以上ぶら下がっていたのか。その間に、日本は浮沈の激しい歴史を刻み、〈満州〉が壮絶ドラマの舞台の一つになった。

17　満鉄経営の「陽と陰」

一九〇六（明治三十九）年十二月に設立された、当時日本一の規模を誇る南満洲鉄道株式会社、通称〈満鉄〉とは、どんな会社だったのか。開業は翌一九〇七（明治四十）年四月である。

この時、満鉄に入った社員は『南満洲鉄道株式会社三十年略史』（一九七五年・原書房復刻）によると六千四百十九人だが、年度末には一万三千二百十七人になっていた。一年間で二倍にふくれている。現地採用の満人が三分の一を占めていた。

日本人の大半は、日本の各地、各分野で働いていた人たちだった。日露戦争の戦勝を喜び、その利権を守り、国家のために働くことによって安全な生活の場を得ようと、故郷を離れ異郷での労苦をいとわぬ覚悟で渡満したと思われる。私の父の渡満も一九〇七年八月だから、満鉄開業まもなくである。

そのころ、

〈一旗組《ひとはたぐみ》〉

という言葉がはやった。一旗揚げるという野心につながる。特に農家の二男、三男は働き口が少なく、満州という新天地に憧れ、活路を求めた心情は十分に想像できるのだ。しかし、敗戦によってピリオドを打つまで、約四十年間の満鉄史は屈折を極める。

ところで、初代満鉄総裁の後藤新平は、営業開始に際して、日本人社員を前に次のような興味深い訓示をした。

「私がこの大いなる事業を成し遂げんと決心するに当たり、何か頼むところがあるかと問われたら、社員たる諸君の心と力だと答える。ことを成すのはただただ人にあると堅く信じるからだ。思うに諸君が故郷を離れ満州在勤者の職に就いた以上、献身、犠牲は常に覚悟しなければならない。

いまは戦時ではなく、平和な日々である。諸君はよく時勢の推移を忘れず、個人の品格は即ち国家の品格だから、およそ人に接するには丁寧、親切を旨とし、職務に対しては廉直、勤勉を旨としてもらいたい。

諸君は勤務において日々外国人に接し、しかも互いに言語が十分に通じにくいのだから、内地（日本）に比べれば甚だ辛苦があるだろうと思う……」

日本人社員に対し、後藤は特殊な任務に就く覚悟を求めている。献身・犠牲、丁寧・懇切、廉直・勤勉等、精神主義に溢れたものだった。

しかし、のちに明らかになったことだが、開業前の一九〇五（明治三十八）年、台湾総督府民政長官の後藤が奉天（現瀋陽）の児玉源太郎満州軍総参謀長を訪ね、児玉の意を受けて起草、提出した〈満州経営策梗概〉には、

〈戦後満州経営唯一の要訣《ようけつ》は、陽に鉄道経営の仮面を装い、陰に百般の施設を実行するにあり〉

と記されている。

訓示にはその片鱗もない。まさか社員にそうはいえなかったということもあるだろう。しかし、この陽と陰の表現こそ、満鉄の基本的性格を物語っており、日本人社員の心にやがて複雑な影響を与えることになった。

実際、満鉄は〈陰〉の道を果敢に突き進む。鉄道を中心にしながらも、炭鉱、製鉄、製油、化学、教育、医療、行政、動植物、農事、開拓、調査と、ないものはないに等しく、国家の経営に相当するほど多岐にわたっていた。ではなぜ国営にせずに株式会社にしたのか。満鉄を解くカギの一つがここにある。

「関東大震災の復興」と「台湾経営」

後藤に少し話を戻すと、二〇一一（平成二十三）年三月十一日の東日本大震災のあと、

「平成の後藤新平はいないか」

とあちらこちらから声があがった。震災と原発事故処理が遅々として進まず、一九二三（大正十二）年の関東大震災で辣腕《らつわん》をふるった後藤が注目を集めることになったのだ。関東大震災では死者・行方不明が十四万人にのぼり、山本権兵衛内閣の内相に就任したばかりの後藤が、首相直属機関として設けた帝都復興院総裁を兼務、ダイナミックな首都復興計画をまとめた。いまの東京の骨格をつくったといっていい。

後藤は震災発生五日後には、早くも〈帝都復興の儀〉を提案した。それには、〈東京は日本の首都であり、国家、政治の中心、国民文化の根源である。従って、その復興は単に一都市の形態回復の問題ではなく、日本の発展、国民生活の根本問題だ。被害は大きかったが、理想的な都市を建設するには絶好の機会だ〉

と記されている。その結果、一例がいまの昭和通り、日比谷通り、晴海通り等の主要幹線道路と隅田公園、錦糸公園、浜町公園、横浜の山下公園等の整備だった。

関東大震災の十八年前に後藤が起草した〈満州経営策梗概〉と、この〈帝都復興の儀〉は一脈通じるものがある。後藤的な切り替えの発想の妙だ。

後藤の活躍舞台はさらにさかのぼる。一八九八（明治三十一）年、四十歳で台湾総督府民政長官になった時に、才覚が花開く。後藤を台湾に連れて行ったのは台湾総督に就任した児玉源太郎、二人の因縁は深い。

それ以前の後藤は内務省衛生局の役人で、児玉は日清戦争から凱旋した兵士たちをいったん瀬戸内海の小島に収容して検疫を受けさせる仕事を後藤にやらせた。見識と馬力を高く買う。樺山資紀《かばやますけのり》、桂太郎、乃木希典《のぎまれすけ》の三代総督でうまくいかなかった台湾経営を引き受けるに当たって、児玉は再び後藤を起用した。

この時、台湾経営の方策を問うた児玉に、後藤が答えている。

「生物学の法則でやりましょう」

「どういう意味か」

「台湾に合った経営です。従来はヒラメの目をタイのようにしろ、というやり方でした。台湾の慣習を無視して日本本土のやり方をこの亜熱帯の地に押し付けてもうまくいかない。反乱が増えるだけです」

「具体的には」

「土木、農業、経済の専門家、それも一流の人物を集めましょう」

「わかった。やってくれ」

八年間、民政長官を務め成功する。

一九〇六（明治三十九）年、三たび児玉の引きで後藤は初代満鉄総裁に転じるが、この年、児玉は五十四歳で急死した。

その後、後藤は逓相、内相、外相等を歴任、東京市長に就任したのは関東大震災三年前の一九二〇（大正九）年である。台湾、満州、東京の経営を手がけたが、それらのベースになったのは転換の発想だった。〈大風呂敷〉等と揶揄《やゆ》もされたが、緻密な調査マンだったという。風呂敷を広げて見せるだけではなかった。

「仮装」による二重性

さて、先の後藤が起草した〈満州経営策梗概〉だが、陽と陰の使い分けを記したあとに、〈この要訣に従い、租借地内の統治機関と獲得した鉄道の経営機関とはまったく別個のものとする。鉄道の経営機関は、鉄道以外はいささかも政治および軍事に関係しないように仮装しなければならない〉

と続く。陽に鉄道経営の仮面を装い、とか、仮装しなければならない、とか、発足当初から穏やかでない露骨な表現が使われた。表向きは民営鉄道とするが、内実は満州経営の中枢にかかわっていく官営の国策会社という性格づけだった。

ポーツマスの日露講和条約の規制で、官営構想が維持できなくなり、仮装による二重性を余儀なくされたのである。

後藤が残した総裁時代の手記によると、児玉参謀総長は当時、後藤に、

「満鉄事業に関しては、君と私はともに国有経営の意見を持っていたが、にわかにポーツマス条約が禁ずるところとなった。私はすでに会社経営の方針に賛成しているが、君も認めざるを得ないのではないか」

と語ったという。発足の段階ではそうだった。〈仮装〉でかわそうとしたことがわかる。当時、児玉は満鉄経営委員会の委員長と会社設立委員会の委員長も務めていたから、トップ・ツーは息を合わせていたのである。

しかし、児玉が世を去り、後藤が満鉄を去ると、次第に様相を変えていく。

18　満州権益をめぐる攻防

〈9　記録に残された「満州」〉（69頁）で触れたが、多くの満州関連本の中で必読の大作『かなしみの花と火と〜満州ノ鉄道ト民タチ』（秋原勝二記述・一九九三年・泯々《みんみん》社）の序文に、満鉄鉄友会の日野武男会長から編者の秋原勝二に届いた私信の一部が掲載されている。日野は一九九二（平成四）年、七十九歳で死去したが、それは次のように激烈な怒りの言葉だった。

〈……巨大な歴史の歯車に音をたてて押し潰《つぶ》されていった日本・満州国・満鉄、日本の軍人や官僚が満州や満鉄を食い潰して生血を吸った。満鉄と満州を愛する心情が根底にあった満鉄精神が、広く満州全土に全住民に受け入れられたら、侵略なる文字も日本人にとって縁遠いものになっていたであろうに〉

歴史の歯車、生血を吸った。穏やかではない。

また、満鉄（南満洲鉄道）精神とはいかなるものなのか。それを知るには、満鉄の前史を理解しておく必要がある。もともと満州の鉄道は日本人がつくり上げたものではない。

敵にも味方にもなった「日露関係」

朝鮮進出をめぐって争われた日清戦争（一八九四〜九五［明治二十七〜八］年）が日本の勝利に終わり、下関条約によって遼東半島を清国から租借《そしゃく》した（他国の領土を借り受けること）が、ロシア、フランス、ドイツ三国が結束して日本に干渉する。その圧力で一八九五（明治二十八）年、遼東半島を清国に返還させられた直後、なんと露清同盟密約によってロシアは満州の鉄道敷設《ふせつ》権を取得したのだ。

一八九七（明治三十）年にはロシア政府全額出資の東清鉄道会社を設立、鉄道建設に取りかかる。一九〇三（明治三十六）年の営業開始までに、ロシアは鉄道網のほかに、軍事的には旅順軍港とその周辺に防護要塞をつくり、同時に不凍港をダルニー（のちの大連）に築港、満州制圧と不凍港確保の基盤を固めたのだった。

こうして、満州の大地にはまずロシアによる東清鉄道が出現している。

このほか、万里の長城の東端、山海関《さんかいかん》から奉天に近い新民府《しんみんふ》に至る関外鉄道がイギリス資本によってつくられた。帝政ロシアの軍事侵略の手足としての鉄道に加え、イギリスも鉄道による経済進出の触手をのばしていたのだ。日本が日露戦争に踏み切っていなければ、満州と朝鮮はどうなっていたか。

日露戦争は一九〇四（明治三十七）年二月に開始され、日本軍は旅順攻略、奉天会戦、日本海海戦で勝利を収める。退却するロシア軍によって破壊された東清鉄道を修理しながら、日本軍は北上した。満鉄の始まりである。

ここで見落としてならないのは、戦後の日露関係だ。日露協約が第一次（一九〇七［明治四十］年）から第四次（一九一六［大正五］年）まで四回にわたって結ばれている。満州の市場開放を求め、資本投下を活発化してきたアメリカに対し、日露が協調して満州の特殊権益を守ろうとする狙いだった。協約の秘密条項では、満州における両国の勢力範囲を取り決め、同時に、日本の朝鮮支配とロシアの外蒙古支配を相互に認め合っている。

いいかえれば、満州権益をめぐる列強のせめぎ合いの渦の中に日本はあった。

日露戦争はアメリカ、イギリスの強い支持のもとに始められ、日本に血を流させて、満州を独占しようとするロシアの野望をつぶすことに成功した。

しかし、アメリカ、イギリスが満州進出を意図すると、こんどは戦ったばかりの日露が手を結ぶ。日本の行動はことにアメリカにとって不快なものだった。三十数年後に起こる悲劇（一九四一［昭和十六］年の日米開戦）の芽がここにある。

国と国が〈満州〉という利権をめぐって戦ったり結んだりの離合集散、おぞましい歴史の歯車というほかない。

自由な精神と強固な結束

そして、満鉄精神である。

『かなしみの花と火と』（秋原勝二記述・一九九三年・泯々社《みんみん》）には次の記述があった。

〈満鉄は創業時から上下一体の信頼関係と下からは遠慮なしに意見を具申できるならわしが、無言のうちに許されていた。社員と上司の間には自由闊達《かったつ》な気風が育っていたのである。それは、満鉄の仕事が上からの命令だけや、管理される窮屈な機構や人間関係ではやっていけないものであり、下剋上と非難されようとも、個人の自由な発想と卒先実行の気風があってこそ、創業の難局も乗り越えられたことを意味している。

そのうえに、初代総裁の後藤新平には、よい面として深厚かつ広大な視野と進取の精神、さらに文化を尊ぶ人格があって、社員の気風の醸成《じょうせい》を助けたと思われる。それが満鉄社員に、故国を離れた場所に自由・自主の心を培わせる反面、孤高の生涯を運命づけたのかもしれない。

満鉄の創業時から、日本内地では芽生えてもすぐに蹴散らかされる民主・自由とは異なり、日本の法律の適用を受けながらも、異国の土に新時代を築こうとする避けることのできない願いと溌剌《はつらつ》とした若い精神を育てていたのである。これは日本内地にはなかった〉

満州一世の像が次第に浮き出てくる。日清・日露の両戦争で多くの同胞が血を流し命を捨てたすえに勝ち取った異国の地。そこに日本一の会社をつくっていく緊張感と悲壮感、さらに未踏の地を進むような充足感。単なる労使関係等ではなく、〈一丸となって〉という自由にして強固な結束の気風が生まれても不思議ではない。むしろ当然だった。

戦後になって田辺満枝氏が、故郷の大連を訪れた時の様子。「通っていた女学校の最寄の停留所は今も同じで、電車を降りると女学校もまだ残っていました。中を見学させてもらい、思い出にふけりました。背景の建物は旧満鉄本社です。その前のマンホールの蓋のマークは満鉄のものでした。まだ残っていたのだなと懐かしく思い写真を撮りました」

私のような満州二世にも、それは継承されたのだろう。内地に引揚げて

から、しばしば、

「大陸から帰られた人ですね。わかります」

と声をかけられることになった。内地の人から見れば、引揚げ者は大陸的な茫洋としたイメージに映ったに違いない。育った土地は人間形成に決定的な意味を持つ。しかも、その土地は並でなかった。

満鉄を評して、

〈結束の固い一大家族的集団〉

という表現も『かなしみの花と火と』には使われている。

ところで、満鉄を創業した時（一九〇六［明治三十九］年十一月）の首相は、公家《くげ》の西園寺公望《さいおんじきんもち》（公爵）である。その直前まで、山県有朋派で長州閥のサラブレッドといわれた桂太郎が首相をつとめた。

立憲政友会総裁を初代首相の伊藤博文から引き継いだ西園寺と、桂が交代で政権を担当したことから、〈桂園《けいえん》時代〉と呼ばれている。一九〇一（明治三十四）年から一三（大正二）年まで桂は三次、西園寺は二次、つまり明治末期から大正初めにかけ、約十二年間もこの二人が五度の政権をつないだ。国内は藩閥政治の全盛で、比較的平穏だった。

しかし、この間に対外関係は激しく動く。満鉄設立の前後を見ると、まず日英同盟（一九〇二年、第一次桂）が結ばれ、日露戦争（一九〇四～〇五年、同）に勝つ。伊藤博文が韓国統監に就き（一九〇五年、第一次西園寺）、のちに満州国皇帝に就く愛新覚羅溥儀《あいしんかくらふぎ》が清国最後の第十二代皇帝に即位した（一九〇八年、第二次桂）。

さらに、伊藤がハルビン駅頭で暗殺され（一九〇九〔明治四十二〕年、第二次桂）、日韓併合（一九一〇年、第二次桂）となる。

中国では孫文の辛亥革命によって清朝が倒れ、中華民国が樹立された（一九一一年、第二次西園寺）。翌一九一二（明治四十五）年、明治天皇崩御となる。日中露韓の盛衰がめまぐるしい。百年後のいまと似ていないこともない。盛と衰が入れかわっているが。当時の日本は明らかに盛に映っていた。

しかし、やがて衰の入口となる九・一八事変がやってくる。一九三一（昭和六）年九月十八日、満州の奉天（現瀋陽）北郊の柳條湖《りゅうじょうこ》で、日本の関東軍が自らの満鉄の線路を爆破した。満州事変の発端である。私が生まれるのはその四年後だ。

19　満鉄事件

さて、関東軍である。いまは名前を知る人も少ないが、戦時体験を持つ者にはいい印象を残していない。

なぜ名称に〈関東〉がつくのか。もともと関東州（中国東北地方の南部、遼東半島の西南端に位置する日本の租借地。いまの大連市一帯）と、満州に駐屯した日本陸軍の守備隊だった。日露戦争のあと設置された行政府の関東都督府が、一九一九（大正八）年、関東庁に改組されたのを機に、守備隊も改編し独立して、関東軍の呼称になった。

満鉄とともに、日本の満州支配の中核的役割をになったが、一九四五（昭和二十）年八月のソ連軍参戦によって壊滅したのは、これまで記してきたとおりだ。

関東軍の独立から十二年を経た一九三一（昭和六）年九月十八日夜、奉天（現瀋陽）北郊の柳条湖で、満鉄の線路が爆破された。九・一八事件である。関東軍が仕組んだ陰謀だったが、隠《いん》蔽《ぺい》された。

当夜、奉天総領事館には、森島守人《もりと》領事がいた。午後十時四十分ごろ、突然、奉天特務機関

から、

「柳條湖で中国軍が満鉄線を爆破し、軍はすでに出動中であるから至急特務機関に来るように」

と電話連絡を受けている。

事件の重大性を察した森島は、留守中の林久治郎《きゆうじろう》総領事に伝言を残し、総領事館全員を非常招集したうえ、特務機関に駆け付けた。その時の模様は、戦後、森島が出版した『陰謀・暗殺・軍力』（一九五〇年・岩波新書）に詳細に書き残されている。


「統帥権《とうすいけん》に容喙《ようかい》するとは無礼な！」


それによると、特務機関内は煌々《こうこう》とした電灯のもとで、関東軍の板垣征四郎高級参謀（のち参謀長、陸相、大将、朝鮮軍司令官等を歴任、東京裁判でA級戦犯として絞首刑の判決を受け六十三歳で刑死）を中心に参謀連が慌ただしく動いていた。板垣大佐は、

「中国軍によってわが重大権益である満鉄線が破壊されたから、軍はすでに出動中である」

と同じことを述べ、総領事館の協力を求めた。森島が、

「軍命令は誰が出したのか」

と尋ねたところ、板垣は、

「緊急突発事件でもあり司令官が旅順にいるため、私が代行した」

と答えた。森島が外交交渉による解決を強く主張したのに対し、板垣は、荒々しい語気で、

「すでに統帥権の発動を見たのに、総領事館は容喙、干渉《かんしょう》しようとするのか」

と迫ったという。同席していた花谷という少佐は、軍刀を引き抜いて、

「この国賊、止めるとは何事か。統帥権に容喙するものは容赦しないぞ」

とすごんだそうだ。森島はやむなく引き下がらざるを得なかった。

当時は何かというと〈統帥権〉が持ち出された。軍隊の最高指揮権のことで、天皇の大権を意味する。天皇に成り代わって指揮しているのに無礼な、とカサにかかったのだ。

そのころ、奉天は人口三十五万人の大都市で、張学良（中国の軍人で、張作霖の長男、華北の軍政を掌握していた）軍閥の本拠地である。満鉄付属地には日本人が二万二千人居留していた。

九・一八事件の陰謀は板垣と部下の石原莞爾《かんじ》参謀（中佐）らを中心に進められている。当初の計画は、多数の日本人を雇って張学良軍の服装をさせ、日本総領事館や駐屯軍等を襲撃させることによって、軍事出動の口実をつくろうとしたが、外に漏れたため、急遽《きゅうきょ》、鉄道爆破に変更された。

奉天は一瞬にして血腥《ちなまぐさ》い戦場と化す。満州事変の始まりであり、関東軍は東北三省（遼寧省・吉林省・黒竜江省）を占領、翌一九三二（昭和七）年の〈満州国〉樹立に至る。以後、敗戦まで日

中十五年戦争が続くのだ。

関東軍の陰謀を追認

ところで、事件の翌十九日朝、林総領事は、

〈今次の事件は全く軍部の計画的行動によるものと想像される。大至急軍の行動を差し止める措置をとるように〉

と幣原《しではら》喜重郎外相に打電した。

関東軍は満鉄沿線各地で積極行動を開始する気配なのに対し、中国軍は不抵抗主義をとる等、情報を総合すると、関東軍による陰謀の臭いが強かったからだった。

一方、東京の陸軍中央部には、十九日未明関東軍から中国軍による鉄道爆破の緊急報告が届いた。陸軍首脳はこの朝、対策を鳩首《きゆうしゆ》協議したが、小磯国昭軍務局長（のち関東軍参謀長、朝鮮軍司令官、大将、首相）が、

「関東軍の今回の行動はすべて至当である」

と報告し、あっさり了承されている。首脳たちがどこまで真相を知っていたかわからないが、うすうす察知していないはずはない。

若槻《わかつき》礼次郎内閣はこの朝、緊急閣議を召集した。

閣議に入る前、若槻首相は南次郎陸相に、

「関東軍の行動は真に自衛のためか」

と念を押し、南は、

「もとより」

と答えている。閣議の席上では幣原喜重郎外相（のち首相）が関東軍の計画的行動を臭わすような報告をし、南陸相は閣議の空気を気にして、朝鮮からの増援部隊の派遣を提案できなかった。

しかし、

「事態を現在以上に拡大しない」

という事実上の追認方針を決めただけで、閣議は散会している。陰謀説を見極めるようなことはまったくなかった。

若槻首相は東京大学法学部の長い歴史の中でも、最高といわれる九十八点の驚異的な成績で卒業し大蔵省に入省、事務次官まで昇りつめ、貴族院議員、蔵相、内相等をつとめた有能な官僚政治家である。

しかし、リーダーシップはいつも中途半端で、関東軍の暴走を見過ごした。陰謀と暴走を誘発したものは何だったのか。

20　首謀者「石原莞爾《かんじ》」

歴史的必然性という言葉が私は嫌いである。歴史は人がつくり、また人は歴史の渦に翻弄される。長い流れの中に必然的らしいものがなくはないが、そこまでだ。満州興亡史も例外でなかった。

おびただしい満州人脈の中で、石原莞爾という軍人の存在が極めて大きい。崇拝者は、〈何百年に一人の偉大な哲人戦略家〉等というが、少々褒《ほ》め過ぎかもしれない。だが、石原がいなかったら、満州の歴史は変わっていた。よく変わっていたか悪く変わっていたかが難しいところで、そこに満州問題の本質が隠されている。

石原は一八八九（明治二十二）年一月、山形・鶴岡市に生まれた。幼年学校、陸軍士官学校を経て一九一八（大正七）年陸軍大学校を二番で卒業している。教育総監部等に勤務するかたわら、日蓮宗の在家仏教運動者、田中智学《ちがく》（一八六一［文久二］〜一九三九［昭和十四］）が主宰する国家主義的な色彩の強い〈国柱会《こくちゅうかい》〉に入り、強固な日蓮信者になる。

石原莞爾の「世界最終戦論」

一九二三（大正十二）年から二年余ドイツに留学、総力戦論戦史研究を学びながら、独自の石原理論を編み出していった。日本の軍部を揺さぶることになる特異な世界最終戦論だ。その骨子は、

〈次の戦争は東洋を代表する日本と西洋を代表するアメリカとの未曾有の決戦となる。そうした極限的殲滅《せんめつ》戦をもって人間同士の争いは永久に終わる〉

というものだった。日蓮信仰による宗教的信念が石原を強くしていたと思われる。

世界最終戦の火蓋を切ろうと密かに決意し、石原が関東軍作戦主任参謀（中佐）として赴任したのは一九二八（昭和三）年十月である。三十九歳の若さだった。

ところで、石原の赴任から八十四年も経た現在――。

月刊『歴史街道』（ＰＨＰ研究所）二〇一二（平成二十四）年七月号は〈満州建国の真実～日本

人が曠野に賭けた夢〉という特集を組んだ。表紙には児玉源太郎満州軍総参謀長（日露戦争）、後藤新平初代満鉄総裁と石原の三人の肖像画が並ぶ。中に、

〈石原莞爾と板垣征四郎
好機は今!
東亜大同のため、
関東軍の両雄ついに起つ〉

というタイトルの一文、筆者は作家の秋月達郎（一九五九〜）だ。まるで戦時下のような見出し、これは一体何を意味するのだろうか。

満州騒乱から一世紀近くが過ぎたいま、日本、ロシア、中国、南北朝鮮、アメリカをめぐる国際力学の中に、当時との類似がある。当然違いもあるが、それにしても日本は呑気過ぎないか、という焦燥が満州へのノスタルジーにつながっているのではないか。

関東軍高級参謀の板垣征四郎は、陸大で石原の二年先輩、石原より二年半前に着任していた。板垣は岩手・盛岡市の産で、大人の風格がある。鶴岡出身の石原はやんちゃなカミソリタイプだが、同じ東北人ということか、妙にウマが合ったという。

「好機はいまだ！」

秋月の筆によると、一九三一（昭和六）年九月の某日、奉天（現瀋陽）の料亭で二人は次のやりとりをしたことになっている。まず石原が力説した。

「このまま張学良（満州を掌握する中国軍閥）による迫害が続けば、在満邦人の生活は崩壊する。われわれが歯を食いしばって我慢している間に、腰の軍刀は竹光に成り果てるだろう。板垣さん、われらの理想は東亜大同。日本、満州、中国が王道政治の名のもとに堅く結び、共産主義の拡大を防ぎ、ソ連の南下を断固阻止することにある。われらが足踏みすればするだけ、理想から遠ざかってしまうのです。それを内地の連中は軟弱な方針ばかり打ち出してくる」

「満州の武力制圧は一年後だ」

「遅いっ！」

「遅いだと……」

「もたもたするうちに、満蒙《まんもう》（当時は「満州」ではなく「マンモー」ということが多かった）はさらに混迷の度を深めてしまう。好機はいまです」

「上司をアゴでこき使うのは、石原、きさまくらいのものだ」

「お褒《ほ》めいただき恐縮です」

数日後、柳條湖の満鉄線が爆破された。〈19　満鉄事件〉（140頁）で記した九・一八事件である。

板垣は、

「あとは石原の出番だ」

ともらしたという。石原は、

「ゆけっ！　われら関東軍が以後、全満州の治安維持をめざすのだ」

と号令をかけ、陣頭に立った――。

脚色もあるだろうが、当時はそんな雰囲気だったと思われる。

石原の世界最終戦論に戻ると、この世界戦略の入口に満蒙問題は位置づけられていた。石原の登場以前、満蒙に対する日本の方策は特殊権益確保の域を出ていない。しかし、石原によってラジカルな思想転換がはかられる。満蒙の特殊権益をどう守るかでなく、なぜ満蒙が必要か。

特殊権益とはこういうことだ。日本列島の脇腹に突きつけられた匕首《あいくち》のような朝鮮半島とその背後にある満蒙の大地。ここを舞台に、日本は国家の命運を賭けて日清、日露の二つの戦争を戦い、かろうじて勝利を収めた。満蒙は、

〈十万の生霊、二十億の国帑《こくど》（国家財産）〉

によって購《あがな》われたかけがえのない大地とされ、その開発と経営は明治大帝のご遺業を継ぐ国民的使命とみなされていたのだ。国防上の要地であるだけでなく、大地に眠る豊富な天然資源は日本の死活を決める特殊地域という認識だった。

しかし、満蒙は中国の主権下にあり、一九二〇年代に入ると毎年八十万人から百万人の中国人が長城を越えて移住してきた。一九三〇（昭和五）年当時、中国人の総計約三千万人に対して在満日本人は約二十四万人と劣勢で、そこに朝鮮、ロシア、蒙古のほか多くの少数民族も参入し、アメリカ、イギリス等も利権を狙っている。満蒙は、

〈極東の火薬庫〉

等と呼ばれたのだ。石原の戦略はその特殊権益を単に確保するのでなく、世界最終戦論から発想した〈満蒙領有論〉だった。満州国建国につながっていく。

21　日中関係にかかる霧

若い日の宮澤喜一元首相が満州に渡ったのは一九三七（昭和十二）年である。宮澤が通った旧制武蔵高校では、文科と理科から一人ずつ選んで毎年海外旅行をさせる制度があって、文科学生の宮澤が一九三七年に選ばれたからだった。前年まではアメリカに行っていたが、為替レートが悪化していたので満州に切り替わった。約七十年後、宮澤は、

〈初めて見る中国大陸であり、大いに興味があった。ただ、日本の植民地経営は成功しないだろうという話を聞いていたし、学生の間では軍が先頭に立つことに批判的な空気が強かった。そんな先入観があったせいか、あまりうまくいかないだろうという印象を抱いて帰国した〉

と〈私の履歴書〉（二〇〇六［平成十六］年四月、「日本経済新聞」に連載）に書いている。うまくいかないだろうという予感。当時、十七歳の若き学徒の目に映った満州は、イメージ通りの運命をたどることになったのだ。

宮澤が渡満した同じ一九三七年の七月七日夜、北京市中心部から南西に約十五キロ離れた、永定河《えいていが》（当時は盧溝河《ろこうが》）に架かる石橋の盧溝橋《ろこうきょう》近くで、日中両軍が衝突した。日中戦争の発端だ。中国では〈七・七事変〉と呼ばれている。

変化した歴史認識

この事件の五十周年の一九八七（昭和六十二）年七月、中国側は盧溝橋近くに歴史展示施設〈中国人民抗日戦争記念館〉を建てた。七十五周年記念日の二〇一二（平成二十四）年七月七日、中国側では同館の李宗遠副館長が毎日新聞記者の取材に応じ、「一九九五（平成七）年に村山富市首相、二〇〇一（平成十三）年に小泉純一郎首相が記念館を訪れたが、近年は影響力のある日本の政治家が訪れる機会が減っている。日本国内の歴史認識に変化が生じたことが背景にあるのではないか。

日中関係の現状は一時的な霧に覆われた状態で、歴史や領土等の敏感な問題は、複雑にすると両国間の緊張が一層高まる。特に領土の問題は、相手の挑発を企てる一部の人間が大衆をあおることで、両国関係の発展に不利なことになる。いまこそ政府間の冷静な対話が必要だ」と述べたという。

日本側では何が起きたか。同じ日、野田佳彦首相が視察先の福島・いわき市で記者団に、
「尖閣諸島を平穏かつ安定的に維持管理する観点から、所有者と連絡を取りながら総合的に検討している」
と尖閣諸島の国有化方針を表明した。日本のメディアは、消費税増税問題等で痛手を受けた野田政権が政権浮揚を図ったらしい、と報じたが、中台双方は当然ながら猛反発したのだ。国有化方針の是非はともかく、李副館長の懸念が当たっているのは確かである。

野田首相もメディアも、日中戦争が火を噴いた七・七記念日の当日という自覚がまるでない。もし気付いておれば、表明の日をずらしたと思われるが、日本の指導者の歴史認識もその程度という醜態をさらすことになった。話がそれてしまった——。

さて、満州国について書かなければならないが、それにはかなりの勇気を要する。私が一九三五（昭和十）年十月六日、大連に生まれた時は、すでに満州国は建国から三年半を経過していた。その後一九四五（昭和二十）年八月の敗戦まで約十年間居住したのだから、満州国に国籍があったのかもしれないが、どうもそのへんがはっきりしない。

実兄に問い合わせてみると、

「そんなものないよ。あれは多民族国家だから、大体国籍なんてあったのかなあ。関係者はほ

とんど死んでしまったし、確かめようがないが」

と漠然としている。いずれ確認してご報告するが、満州国はそうしたうたかたのイメージと、一方で、世界史に類を見ない植民地国家のぎらつきとが、建国から八十年を経たいまも混在していて、とらえどころがない。＊

＊国籍…満州国では「国籍法」が施行されず、厳密には満州国国民は存在しなかった。国籍を取得すれば二重国籍を認めない日本国籍を放棄することになり、入植者減少の恐れがあり、日本統治下の朝鮮人を日本国民としたこととの整合性の問題もあった。一九三七（昭和十二）年制定の「満州国民籍法」で在満日本人は日本国民であるとともに満州国の「民籍」を持ち、その保護を受けるとされた。

山室信一京都大学人文科学研究所助教授（当時）が一九九三年『キメラ～満州国の肖像』（中公新書、二〇〇四年に増補版）という本を書いている。キメラはギリシア神話に出てくる火を吐く怪獣で、ライオンの頭、ヤギの胴、ヘビの尾を持つ。戦後生まれの山室は満州の追跡研究の末、そういう像を思い描いたのだ。

満州国に翻弄された清帝

〈かつて満州国という国家があった。

一九三二（昭和七）年三月一日、中国東北地方に忽然として出現し、一九四五（昭和二十）年八月十八日、皇帝溥儀《ふぎ》の退位宣言をもって卒然として姿を消した国家、満州。その生命は、わずか十三年五カ月余に過ぎなかった……〉

という書き出しである。

溥儀（一九〇六～六七年）の姓は愛新覚羅《あいしんかくら》、三歳で清朝最後の皇帝に即位したが、一九一二（明治四十五）年、辛亥革命で中華民国が成立したため、退位した。一九三一（昭和六）年、満州事変（九・一八事件）勃発後、日本軍によって天津から東北地方に移され、一九三二年満州国成立とともに執政（宰相）に、一九三四年三月満州国皇帝に即位した。

敗戦後は日本に落ち延びようとしたが、ソ連軍に逮捕され、ハバロフスクに抑留された。一九四六（昭和二十一）年八月、極東国際軍事裁判（東京裁判）に連合国側証人として出廷、「傀儡《かいらい》（「操り人形」の意）満州政権は日本軍に強制された」

と証言している。

一九五〇（昭和二十五）年、身柄をソ連から新中国に移され、撫順で収容所生活を送った。一九五九（昭和三十四）年、釈放され、以後北京で生涯を終える。

弟に日本の元侯爵・嵯峨《さが》公勝《きんとう》の孫・浩《ひろ》と政略結婚した溥傑《ふけつ》がいる。溥儀とともに満州国に翻弄され、浮沈めまぐるしい運命にさらされることになった。

余談だが、私の書斎に溥傑の書がかかっている。〈誠〉の一文字、まことに達筆で、〈岩見隆夫先生留念〉の添え書きと署名、印。

面識がある訳ではない。二十年ほど前、知人が訪中団の一員として出向いた折書いてもらい、届けてくれたのだ。

「リンゴを二つ渡すだけでいいんですよ。質素な暮らしで」

とその時、知人はいった。いろいろと想像をめぐらし、日本人に〈誠〉があるのか、と詰問されているようにも思われ、いまも忘れられない。

22　「民族協和」の理想主義

一九三二(昭和七)年三月一日、満州国政府は奉天《ほうてん》、吉林《きつりん》、黒龍江《こくりゅうこう》、熱河《ねっか》の四省を主な版図(領土)として建国宣言を発表した。あわせて年号を大同、国旗を新五色旗とすることが布告され、九日、溥儀が東北三千万民衆の推戴《すいたい》を受け入れる形で元首に就任する。

十二日、謝介石《しゃかいせき》外交部総長の名をもって、世界十七カ国に新国家の承認を求め、首都と定められた長春を十四日〈新京〉に改名、ここに満州国は産声を上げたのだ。

しかし、当時、満州の軍事事情は日々不穏、日本国内の政情もすさんでいた。関東軍の参謀、石原莞爾らが一九三一年九月十八日、柳條湖の満鉄線路を爆破、満州事変が始まったことはすでに述べたが、さらに関東軍は一九三二年一月錦州《きんしゅう》を占領、同月、上海で日中両軍が衝突(上海事変)。二月、ハルビン占領、そして満州国建国と続いたのである。

一方、一九三一、三二(昭和六、七)年のわずか二年間に、国内政治はめまぐるしく動く。首相が濱口雄幸《おさち》(一九三〇年十一月、東京駅で右翼に狙撃され重傷、三一年八月死去)、若槻礼次郎(第二次)、犬養毅(一九三二年五月、海軍青年将校に射殺される)、斎藤実(一九三六年の二・二六事件で射殺)

と四人も入れ替わり、右翼テロ、軍人のクーデターが頻発していた。

そんな中で、なぜ満州国は生まれなければならなかったのか。存在理由はどこにあったのか。正当性の根拠がなければ、〈傀儡国家〉〈属国〉という国際的な非難に対抗することはできない。

矛盾した「理想」

建国宣言の文面は、

〈今や何の幸ぞ、手を隣師《りんし》（日本軍）に借りてここに醜類《しゅうるい》（人非人たち）を駆り……〉

等と難解だが、要するに、見るに見かねた日本軍が、軍閥つまり張学良政権を追っ払ったことにより、ようやく夢に見た安居楽業の大地で生きていく望みが出てきた、これこそ天が与えた絶好の機会である、という趣旨だ。関東軍を解放軍、あるいは救世主と位置づけたのである。

そして、建国の理念は、順天安民、民本主義、民族協和、王道主義とされ、民族協和は漢・満・蒙・日・朝の五民族が一律平等に共存共栄をはかっていくという、五族協和の理想だった。満州経営のイデオローグである石原莞爾もこの理想主義に次第に惹き付けられ、満蒙領有構想から独立国家建設に転換していった。

建国宣言の約二カ月前、朝日新聞主催の座談会で、石原は、

「日本人、支那人の区別はあるべきではない。従って（租借地の）関東州も全部返納してしまって、関東州長官も失業状態になる。日本の機関は最少限度に縮小する。また、在満日本人も新国家で活動したい方は、国籍を移すべきだ」

等と思い切った発言をしている。石原も世界最終戦争に勝利するための戦略・兵站基地国家建設という軍事的意図と、民族協和による王道楽土建設という理想と、二つの矛盾する目標の間で揺れ動くことになる。

当時、さまざまな集団、人物が満州を舞台に情熱をたぎらせ、暗躍もした。日本がとてつもない岐路に立っているという認識は共通していたから、血の気の多い者はじっとしておれない。その一つが、一九二八（昭和三）年十一月に結成された満州青年連盟である。

〈中国ナショナリズムの高揚に任せておいては、我々は白旗を巻いて引揚げる運命になる〉という危機感につき動かされたものだった。青年連盟は危機的状況を打開するため、母国遊説隊を派遣、満蒙各地で排日行為の調査と時局講演会の開催等、世論喚起工作を進めた。最盛時、全満に二十二支部、会員数五千人の規模になった。

青年連盟のスローガンもやはり〈民族協和〉だった。なにしろ、在満三千万人口のうち一パーセントにも達しない少数民族の日本人が、満蒙における生存権を確保するには、共存路線をうたうしかないという事情もあったのだ。同じ民族協和にもさまざまな意味が込められていた。

柳條湖事件で関東軍が武力発動した時、青年連盟は、「大和民族の大陸発展への第一歩だ。朗らかに踏み込め、高らかに飛び込め」と、関東軍への協力決議をしている。民族協和とはややニュアンスの違う決議だが、何ごとも矛盾は避けがたく、満州経営の難しさを浮き彫りにしていた。

満州青年連盟を率いた「小澤開作」

満州青年連盟の中心人物の一人に豪胆な行動派の小澤開作がいる。小澤は一八九八（明治三十一）年、山梨県の兼業農家に生まれ、上京して歯科医の検定試験に合格、一九二三（大正十二）年満州に渡った。満州でシベリア鉄道に乗り込み、ドイツに留学するのが目的だった。ところが、大連で中耳炎を患い足止めをくう。そのうちに、長春で歯科医院を開業することになった。あのころの日本の青年は自由奔放である。一九二七（昭和二）年結婚、満州に腰を据えた。

事件が起きる。一九三一（昭和六）年五月、長春北方の万宝山《まんぽうさん》で、朝鮮人開墾民が田に水を引くためにつくった用水路を、武装した中国人の一団が襲撃、埋没させようとした。負傷した朝鮮人が小澤歯科医院にも逃げ込み、助けを求めた。万宝山事件だ。

小澤の闘争心に火がつく。青年連盟に入会し、五族協和の運動に突っ走った。卓越した指導力と行動力で長春支部長、さらにトップの議長に指名される。遊説隊を率いて日本に戻り、各地で満蒙の窮状を訴えて歩いた。

運動を通じて石原莞爾との交流を深め、石原の上司である関東軍の高級参謀、板垣征四郎大佐とも満蒙の将来についてしばしば語り合った。一九三四（昭和九）年、三男が生まれると、小澤は躊躇なく尊敬する二人から一字ずつもらい、〈征爾〉と名付けた。のちの世界的な指揮者である。

小澤は官僚主義を極端に嫌い、二男の小澤俊夫筑波大学名誉教授によると、戦時中も、「この戦争は負ける。東條（英機・元首相）のように民衆を敵にするやり方では勝てるはずがない」

と公言し、一九四一（昭和十六）年の帰国後は東京・立川の自宅に憲兵や特高が張り込んでいた。戦後になって一九五七（昭和三十二）年、岸信介が首相に就いた時には、

「悪い官僚の代表のような人間が総理になるなんて、日本もおしまいだ」

と嘆いたという。（『歴史街道』二〇一二年七月号特集、小澤俊夫「わが父、小澤開作の思い出」）

その岸を抜きにして満州国は語れない。

23　岸信介の「作品」

一九三九（昭和十四）年十月、岸信介（のちに首相）は、満州国総務庁次長（事実上の副総理）から東京の商工次官として日本に呼び戻され、満州を離れた。十月十九日、大連港の埠頭から乗船するにあたって、記者団に次のような離別の言葉を述べている。

「できばえの巧拙は別にして、ともかく満州国の産業開発は私の描いた作品である。この作品に対して私は限りない愛着を覚える。生涯忘れることはないだろう」

この〈私の作品〉という刺激的な発言は後々まで物議をかもした。だが、満州国といえば誰もが、よくも悪くもまず岸のあの異相を思い起こす。なぜなのか。

戦後三十二年が過ぎて、月刊『文藝春秋』一九七七（昭和五十二）年十一月号に、私は、〈満州の妖怪〜岸信介研究〉という一文を書いた。当時、満州時代の岸の周辺にいた高級官僚たちはまだ健在で、〈私の作品〉発言について感想を求めると、東京地裁判事から満州国官吏に転じた岸の部下、武藤富男（元満州国総務庁弘報処処長）は言下に、

「それはいい過ぎです。岸さんの大言壮語ですよ。彼も自分なりに全霊を打ち込んだことはそ

の通りですが、何といっても（岸が満州にいた）期間は三年に過ぎません。彼は関東軍の圧倒的な力を背景として飛躍しただけで、満州に骨を埋めるつもりでなかったことは明らかです。彼が力を発揮できた範囲というのは行政に限られていたのですから、そんな大ボラをいうと、満州に理想郷をつくろうとして、最後は切腹して果てた男たちに相すまないと思いますよ」

と強く反発した。また、同じ部下の古海忠之（元総務庁主計処処長）も、

「ちょっといい過ぎですね。満州の国づくりの基礎的努力という点では、やはり、星野さん（直樹・元総務庁長官）の存在が大きかった。まだ満州の基礎さえ固まっていなかったころに、星野さんや私もその一人ですが、大蔵省の一団を連れて行って国づくりを始めたのです。しかし、産業開発五カ年計画の実行の段階で、どんどん法律をつくって、これを推進したという点では、作品といってもいいかもしれない」

と発言に釈然としていなかった。

貧弱な国家経営

この背景には、満州官僚内部の相克がある。満州国は形の上では満州人（中国人）の国家として発足し、国務院総理をはじめ各大臣にはすべて満州人が配置されたが、実権は日本人の各

部長が握った。また、国務院をコントロールした総務庁の長官（事実上の首相）には、建国当初から日本人官吏が座り、初代は関東軍特務部長から横すべりした駒井徳三である。

このころ、予算制度、租税制度も整備されておらず、通貨は内外公私とりまぜて、実に数十種にのぼったという。国家経営の基盤は極めて貧弱だった。

満州国を当時の軍事用語で〈内面指導〉する立場にあった関東軍は、東京の大蔵省に有能なスタッフの派遣を要請。大蔵省は星野直樹（当時、国有財産課長）以下九人の派遣を決めた。

星野らを送り出す時に、蔵相の高橋是清は私邸で一席を設け、

「君たちがうらやましいよ。もう三十歳若かったら、この仕事は私が引き受けていただろうな」

と、悲壮感を持って旅立つ若手官僚を、励まさなければならなかった。

それほど満州は荒廃の地で、星野らは朝鮮を経由して船と鉄道を乗り継ぎ、首都・新京まで三日を要した。

そのころ、満州で発行される新聞には、連日、各地で軍閥、共産ゲリラが出没、橋や道路が寸断される状況が克明に報道されたという。しかし、大蔵官僚がへきえきする満州の経営に、岸は早くから熱い視線を注いでいた。

官僚の軍部操作

岸は、商工省の部下の椎名悦三郎、始関伊平《しせきいへい》（いずれも戦後衆院議員）らを満州に送り込み、自身も建国から四年後の一九三六（昭和十一）年十月、乗り込んだ。三十九歳である。渡満前から岸は軍部と接触を深めていた。着任すると、まず関東軍司令部に顔を出し、初対面の板垣征四郎参謀長（中将）に、こう切り出したという。

「私は別に日本の役所を食い詰めてきた訳ではないのです。私が見るに、関東軍が満州国の治安を維持するのに重大な責務があることはわかる。しかし、経済、産業の問題は我々役人が分担してやるべきだと思うから、軍人はそういうことに携《たずさ》わらないでもらいたい。少なくとも経済、産業のことは私に任せてもらいたいのだ」

さらにつけ加えた。

「満州建国の根本方針は関東軍の指示に従いましょう。しかし、ここに来てみると、第一に司令部の廊下に商人どもが出たり入ったりしている。関東軍の権威のためにも、ああいうのはぼくの方に寄越してもらいたいですな。そんなやり方が困るというなら、ぼくでなく適当な人に来てもらってもかまいません」

泣く子も黙るといわれ、満州国の実権を掌中にしていた関東軍のボスに、まるで凄みをきかすような口上を述べるふてぶてしさが岸にはあった。板垣は、

「いや、遠慮なくやってくれ」

と応じたという。一説によると、岸は板垣に、

「私は陸軍省兵務局長、阿南惟幾《あなみこれちか》さん（のち陸相、敗戦時に自決）から、『お前に一切任せる』という一札をとってきている」

とミエを切ったともいうが、はっきりしない。

とにかく、岸が赴任したころの関東軍は、植田謙吉司令官（大将）をトップに、参謀長の板垣、憲兵隊司令官の東條英機（のち首相・極東軍事裁判で絞首刑）らが構えており、十二個師団と飛行機集団、騎兵旅団、国境守備隊等ざっと七十万人の巨大な集団だった。そうしたオールマイティの関東軍を、岸は硬軟両様の手練手管で巧みに操作した。

一九七七（昭和五十二）年の『文藝春秋』の取材でも、多くの人が軍部と岸の密着ぶりを証言したが、その一人、平井出貞三（元満州国交通部次長）は、

「岸さんは理屈の通らないことでも平気でやってのける人だったが、それがうまくできたのは軍と結びついたからですよ。軍人というのは名誉を欲しがる。一方ではこれといってする仕事がなかった。岸さんはこうした軍人の気質と立場を巧みに利用し、うまく立ち回ったはずです。

それに岸さんは満州に来る前から政治家だったということではないですか。つまり、軍部と手をつなぎ、特に、参謀長になる前の関東軍憲兵隊司令官の東條さんとは親しかったようですよ」

と語った。

官僚の枠をはみ出していた敏腕、鋭利な岸は、満州をどう捉え、何を手がけたのか。

24　満業*設立に奔走した長州人

毎朝の日課になっていたのだが、十月十一日（二〇一二年）早朝もＮＨＫ「ＢＳプレミアム」で、朝の連続テレビ小説「おひさま」のアンコール放送を見た。

敗戦前後、田舎の町でけなげに生きる家族愛を描いた佳作だ。戦争渦中のある日、旧制高校生の長男が友人を一人伴って帰郷する。夕食の席で父親が友人に問いかけた。

「君は将来どうするの」

「はい、叔父が満州で新聞社をやっているので、向こうに行って働くつもりです」

「おお、そうか。あそこには日本の理想があるんだねえ」

「ええ、満州はアメリカ合衆国みたいになるんだと思います」

次男が声を挟む。

「ぼくも行きたいなあ」

一九三〇年代、内地（日本本土）から見る満州は、そんなイメージだった。しかも、理想の

＊満業…満州国政府と日産の対等出資で設立した国策会社「満州重工業開発株式会社」

モデルに敵国をあげている。戦争という高揚と閉塞《へいそく》感の入りまじった中で、満州に一種の風穴を求めていたのは間違いない。

「五カ年計画」を実施

満州経営の主役の一人、岸信介元首相の話に戻る。岸が渡満して九カ月たらずの一九三七（昭和十二）年七月、満州国政府内で人事の刷新が行われ、岸は総務庁次長（事実上の副総理）に就任した。上司の総務庁長官は星野直樹である。

岸が取り組んだのは、産業開発五カ年計画の実施だった。のちに岸は次のように語っている。

〈私が満州に行った時には、五カ年計画はすでにできていた。立案は先に渡満していた椎名悦三郎君等が中心になってやったわけです。この五カ年計画はソ連のまねです。構想はソ連から学んでいる。だから私は計画そのものについての責任は持たなかったけれども、実施段階を手がけた。

私の胸には、だいたいのものを描いていた。ただ、やってみて途中で一番困ったのは経営者でした。資本は日本政府の資金があるので、私は「五カ年計画について、三井、三菱の資本を必要としない。ほしいのは経営力だ」と思い上がったいい方をして、あとで財界から非難されたが、計画実施のうえで必要な有能な経営者が満州にはいない。みな役人の古手とか、満州事変を起こした軍人連中の古株にしても、事業を経営する能力がない。

ですから、三井、三菱をはじめ日本の企業からそういう人がほしいとずいぶん努力したけど、なかなか満州に来てくれない。そこで、鮎川君の〈日産（日本産業）〉の経営力を全部根こそぎ持って来るということによって、満州開発が可能になった〉（『岸信介の回想』一九八一年・文藝春秋）

この実施段階で、〈二キ三スケ〉という言葉がはやった。年齢順に並べると、松岡洋右《ヨウスケ》（満州国建国時五十二歳）、鮎川義介《ギスケ》（五十二歳）、東條英機《ヒデキ》（四十七歳）、星野直樹《ナオキ》（三十九歳）、岸信介《ノブスケ》（三十五歳）、岸がいちばん若いが、五人の中核的な存在になる。

しかし、日産コンツェルン進出は容易なことではなかった。満州は建国当時、〈財閥入るべからず〉の大制札を立てていた。その後、緩和はしたものの、なにしろ一方に国策会社の満鉄が資本金八億円の巨費を擁して厳然と構えている。他方には満州国の産業統制方針が目を光らせていたからだ。日産は鮎川の方針で財閥とは一線を画していたが、満州進出は危ない橋である。

残した。

産業、経済の実権を握った「三スケ」

岸の上司、星野は、戦後になって〈岸信介来り又去る〉というタイトルの一文を雑誌に書き残した。

〈日産の満州進出は、多年満州の重工業開発の中心であった満鉄から、その地位を奪おうとするものともとられた。従って満鉄側はかなり執拗な抵抗を試みた。

当時の満鉄総裁は松岡洋右氏である。松岡氏も鮎川氏もまた岸君もみんな長州の出身で、しかも親しい間柄であった。ことに松岡氏と岸君は濃い親類で、松岡氏は岸君のことをいつも「甥の岸」と呼んでいた。

また、鮎川氏と松岡氏は同年の生まれ（一八八〇〔明治十三〕年）で、長州の秀才として幼児期から郷里の先輩に注目され、相並んで世に出てきた間柄であった。

ところが、日産進出については、鮎川氏と松岡氏とは反対の立場に立ち、岸君は満州国当局として鮎川氏と同じ側に立った。岸君としては難しい立場だが、そんなことは一向苦にしない。日産の満州進出はよかったか悪かったかは、いまさら論じてもはじまらない。しかし、その発

案に岸君が参画し、達成に大いに力を尽くしたことは疑いのない事実である〉

注目すべきは、星野が日産進出という大仕事を、まるで自身と関係がない出来事のように傍観者的に綴っていることだ。それほど、岸は隠密に、しかも強引な個人プレーを展開したことがうかがえる。

松岡との〈濃い親類〉というのは、松岡の妹が岸の叔父と結婚し、その間に生まれたのが寛子（岸の実弟、佐藤栄作元首相夫人）という関係である。また、松岡は同郷人を非常に可愛がる人だったという。岸は松岡と深く接触する一方、軍用機を使って日満間を頻繁に往来し、鮎川と密談を重ねたのだ。

そうして、一九三七（昭和十二）年十月二十九日、日満両政府は〈満業〉の設立をいっせいに発表した。完璧な情報網を張り巡らしていたはずの三井、三菱、住友の三大財閥も事前に察知することができず、新聞は、

〈青天のへきれき、財界の二・二六事件〉

等と書きたてた。十二月二十七日には、日産は商号を満州重工業開発株式会社（満業）と改称、資本金四億五千万円は満州国政府と日産が対等出資する国策会社として、満州にデビューしたのである。

のちに、政治評論家の阿部真之助（元ＮＨＫ会長）は『岸信介論』（『現代政治家論』所収・一九五四年・文藝春秋）の中で、

〈二キ三スケのうち、二キは政治の実権を握り、三スケは産業、経済の実権を握っていた。この三スケがいずれも長州人で、鮎川は松岡と同期の桜であるだけでなく、遠縁に当たる。この三人の関係抜きに、満業設立の真相を理解することはできない〉

と記した。明治維新から満業設立まで約七十年、三スケという新長州閥が満州国の基礎固めに手を染めようとしたのは、なかなか興味深いことだった。

25　満州への眼差し

満州追想はあくまでも追想でしかない。個人的な満州体験を綴り、それに連なるさまざまな糸をたぐっていくことは、さほど難しくないが、満州とは何だったのか、という問いに正面から答える満州論をまとめるのは至難である。到底私の手に負えない。

満州をめぐる〈光と影〉、あるいは〈理想と挫折〉、また〈ロマンと現実〉等と二面性で語るのは可能だろうが、それではあまりにも皮層的だ。満州興亡の歴史の深層には、日本国と日本民族の優越性と劣等性がともに隠されている、と私は思ってきた。その見方にいまも変わりはなく、満州の解剖は二十一世紀の日本の生き方を考えるうえで有用に違いないが、簡単な作業ではない。

心すべきは、思い込みを排すること、過度の正当化を慎むこと、必要以上の自己卑下に陥るのを避けること、ではなかろうか。満州を体験的に知る人はもはや少ない。素材だけでも多く残しておかなければならない。

満州経営の中核をなしたのは、満鉄、関東軍そして満州国である。中でも満鉄という巨大組織がつくり出した世界は〈新天地〉といってもいい過ぎではない。

戦後すぐに結成された、満鉄生き残り組のちには満鉄二世による〈満鉄会〉は、二〇一二（平成二十四）年五月十五日、冨士霊園で最後の留魂祭《りゅうこんさい》を催した。物故者を祀る留魂碑が竣工したのは一九八二（昭和五十七）年で、翌年から年一回の留魂祭を続けてきたが、今回の第三十一回で打ち止めとなった。

松岡満寿男会長（元衆院議員、元山口県光市長）が祭詞を読み上げたが、

「戦後六十七年を経て、高齢化に伴う急速な会員減と財政的困難に加え、後継人材の不足等のため、満鉄会は本年度末をもってその使命を終えることに致しました」

と述べ、さらに日本が直面する内外の困難な状況に触れながら、

「満鉄創業から終戦までの約四十年、そして戦後六十年余、旧大満鉄の先人たちは満州の開発と祖国の復興に大きな功績を上げられました。諸先輩が健在であられたら、さぞかし効果的な対策を講じることができたものをと、残念であります」

と結んだ。満鉄人の誇りと自負がにじんでいた。

名前の由来は「満州」と「ジュネーブ」

松岡会長の大叔父は、一九三五（昭和十）年から第十四代満鉄総裁をつとめた〈三スケ〉の一人、松岡洋右元外相である。松岡は一九三四（昭和九）年、新京（現長春）で生まれ、父・三雄は満州国の高官だった。

「洋右が私の名付け親です。〈満州〉と〈寿府〉から取ったんですよ」

と松岡は懐かし気に語っている。寿府はジュネーブ、洋右が一九三三（昭和八）年に日本の首席全権として国際連盟脱退演説をした場所だ。この脱退をきっかけに日本は悲運の道をたどっていく。

その前後、一九三二年一月上海事変、二月関東軍ハルビン占領、三月満州国建国宣言、五月五・一五事件（犬養毅首相暗殺）、一九三三年一月ヒトラー、ドイツ首相に就任、三月日本の国際連盟脱退通告、十月ドイツも脱退通告と続いた。〈満寿男〉はそうした国際情勢を映し出す命名だった。

「満州での実験」を自画自賛した岸信介

松岡は幼いころ、大連の洋右邸によく遊びに行った。また、父・三雄は満州国で岸信介の同僚だった。戦後、岸がA級戦犯容疑で逮捕され、釈放されたあと、一カ月ほど山口県光市の松岡家に滞在したことがある。岸は中学生の松岡少年を伴ってしばしば近くの島田川に釣りに出掛けたという。

その後、岸は足早に政界の段階を駆け上り、釈放から九年で首相に上り詰めた。このころの岸を、満鉄会会長として先輩OBたちの面倒を見ることになった松岡は批判した。

「満州の残留孤児に岸さんは冷たかった。岸内閣は一九五九（昭和三十四）年、海外からの未帰還者に戦時死亡宣告をしたんです。残留孤児への二度目の棄民ですよ。満州をよく知っているのに、切り捨ててしまった」

松岡は岸より三十八歳も若い満州二世だが、ともに満州と深くかかわり、ともに長州人脈に身を置いた。しかし、この二人の満州への眼差しはまったく違う。そこが面白い。

岸にとって、満州は白地に絵を描くように、何でもありの実験国家だった。

産業開発五カ年計画をスタートさせ、官僚が牛耳る統制経済を初めて具体化させると、さっさと日本に舞い戻っている。満州の土地と人に愛着があるのではなく、実験を可能にした満州という未開の舞台に愛着を持ったのだ。

そして、

「岸らが統制経済を学んだことが、戦後の枠組みにぴたっとはまった」

と見る経済学者は少なくない。敗戦後の復興と繁栄をもたらした〈日本株式会社〉の原型を満州に見る、というのである。

岸自身も、のちに、

「当時、私は満州で相当の成果を得たものと、いろいろなところでしゃべったことがある。満州からの帰途、大連で記者会見して、よくも悪くも自分が全力をあげて描いた絵が満州で見えるような気がするといった（〈私の作品〉発言）。これはよく引用されているけれど、とにかく何にもないところに相当なものを、わずか三年の間につくったのですから」（『岸信介の回想』一九八一年・文藝春秋）

と語っているが、首相を辞して二十年経ったころでも、なおも満州での実験結果を自賛して止まなかった。

在満三年間以外のことは、岸の念頭からほとんど消えている。当然批判はあっても意に介さない。明治維新以来の〈壮大な実験場〉としての満州の位置付けである。これが満州理解の一つの断面だろう。

しかし、松岡が〈旧大満鉄の先人たち〉という場合の満州は、岸が切り取った満州よりもっと時間軸が長く、裾野が広く、かかわった人種、人口も多く、岸が体験することのなかった世界が展開されていたのだ。

それは夢であり、野望であり、おびただしいまでの悲劇の集積であり、国際社会の冷徹な利害が容赦なく割り込んでいた。この渦巻きの中にこそ、満州の真の実像があった。

26　薄れゆく敗戦の歴史

この追想もそろそろ締めくくりである。満州での敗戦体験は、体験者の証言をたどれば際限なく、全体像をつかむのは極めて難しい作業だが、書き残したことに一つ触れておきたい。私が一九四七（昭和二十二）年二月、大連港から長崎県佐世保港に引揚げた時の異常体験は本書の最初に記したが、それからいつの間にか六十六年が過ぎ去った。

実は帰国してしばらく、満州引揚げ者に会うたびに、

「あなたもコロトウ回りですか」

と聞かれ、

「いえ、私は大連から」

と答えていたが、コロトウがどこにあって、どんな字を書くかも知らなかった。

次第にわかってくる。〈葫蘆島《ころとう》〉という漢字、島ではなく渤海湾を挟んで大連の対岸に位置する半島である。瓢箪《ひょうたん》の形をしているので、それを意味する〈葫蘆《ころ》〉の名前が付いた。

一九四六（昭和二十一）年から約二年間に、満州全土の日本人難民百六十万人のうち百五万人

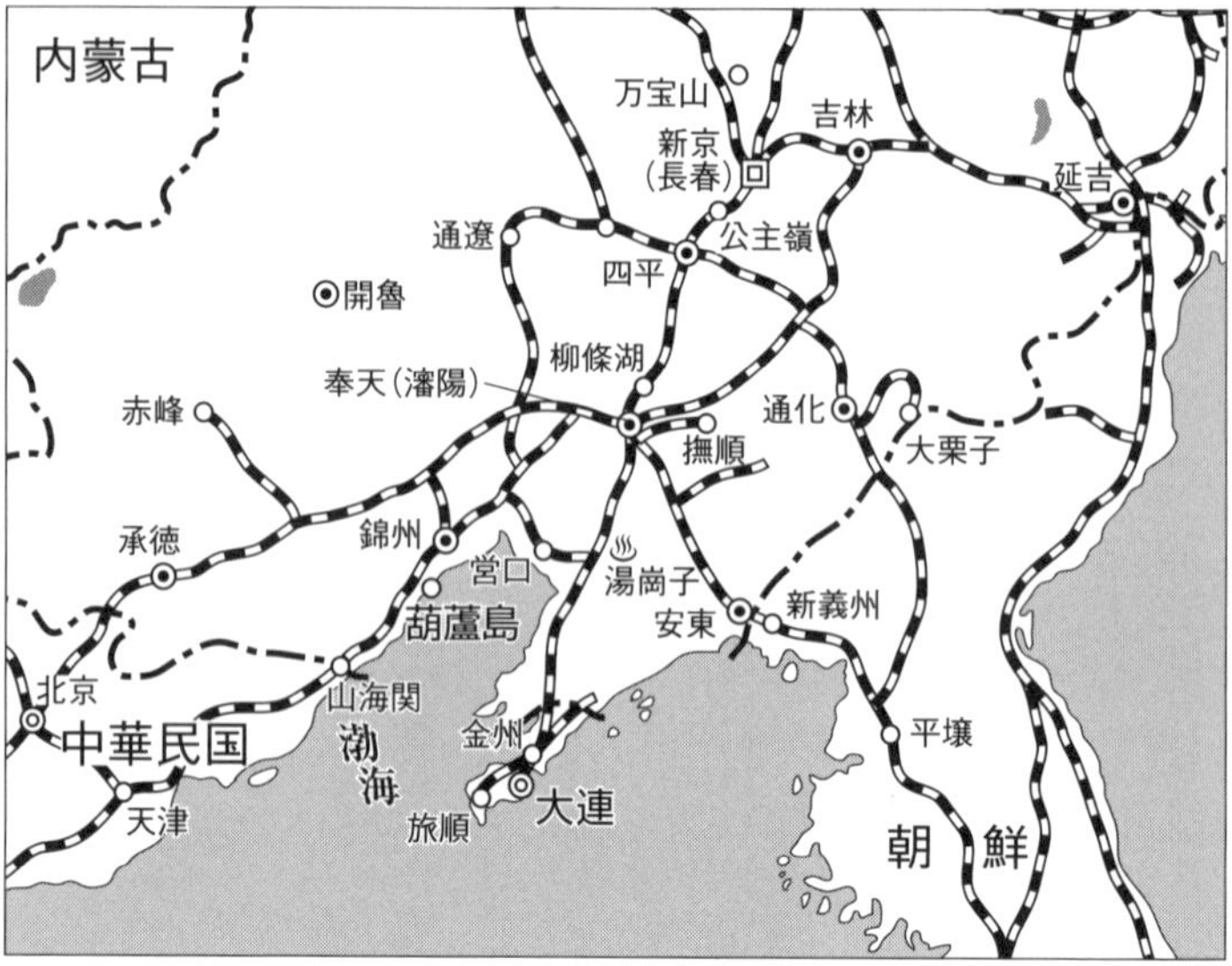

大連と葫蘆島の位置関係

が、この小さな港町から船に乗り、故郷を目指したのだ。世界に類のない民族の大移動といっても差し支えない。

　もともと清朝の末期、中国は日本の侵略と権益阻止のため、葫蘆島に一大貿易港を築港して対抗しようとしたが、日本の侵攻によって果たせず、代わって日本が築港を継続した。しかし、第二次大戦下で進捗せず、敗戦のあと引揚げ港に使われることになった。いまは、人口約二百六十万人の遼《りょう》寧《ねい》省葫蘆島《ころとう》市、改革開放の対外経済開発を目指す新興都市として、また自然豊かな海浜観光地として発展している。

　引揚げ六十周年（二〇〇六［平成十八］年）には、中国政府主催の記念式典が現地で催され、村山富市元首相らが出席した。

フィルムに残した引揚げの記録

一九九八（平成十）年には、日本では日中友好協会等の協力で「葫蘆島大遣返《けんへん》～日本人難民百五万人引揚げの記録」というドキュメンタリー映画（九十六分）が制作され、全国各地で上映会が催されている。私はそれを知らなかった。

たまたま知遇を得た岡山県政経懇話会の、やはり引揚げ者だった岡本良幸のご好意で、このドキュメンタリー映画のビデオを入手できたのは、二〇〇〇年春である。

制作にあたって、当時の平山郁夫日中友好協会会長（故人）は、

「ドキュメンタリーは、いまの平和な時代が、どんな歴史の積み重ねの上に築かれているかを物語っている。人間には決して忘れてはならないこと、語り継がなければならないことがある。この映画を多くの人たちが見て、いまの日本を見つめ直すことが必要なのではないか。そう思った」

というコメントを寄せた。そうに違いない。

さて、ドキュメンタリー映画「葫蘆島大遣返」のビデオ、改めて見直した。「遣返」は中国語で送還のことである。

導入部では東京の街頭で、若者に、

「コロトウは？　引揚げ者は？」

と尋ねているが、十人が十人、

「知らない」

と答えている。無理もないと思うが、百万人の大移動が日本近現代史に刻まれた敗戦をめぐる一断面だったことも間違いないのだ。歴史教育の不徹底を思わないわけにはいかない。

映画は制作・脚本・演出を担当したシナリオ作家・国弘威雄《くにひろたけお》（一九三一〔昭和六〕〜二〇〇二〔平成十四〕年）らによる〈葫蘆島再訪の旅〉の映像を軸に構成されている。国弘は新京（現長春）生まれ、敗戦時新京二中学生、一九四六年八月、葫蘆島経由で福岡県博多港に帰って来た。

映画には証言者が多数登場する。開拓団員、学徒動員兵たちだ。一様に、

「ソ連軍の侵攻直後、関東軍、満鉄関係者とその家族の姿が、早々に消えていた。われわれ一般居留民を置き去りにしたのだ」

などといい、当時の怨みがいまも色濃く残っている。

「あとで議論になったが、『一般の人には残ってもらって、敵側にスキを与える。作戦とはそういうものだ』といわれた。到底納得できない。世界に冠たる関東軍は、どこに隠れたのか」

と収まらない。

こゝはお国の何百里
離れて遠き満洲の
赤い夕日に照らされて
友は野末の石の下
…………

「中国残留孤児が話題になった頃、テレビで放映された光景を思い出します。画面奥の人物は、中国人に嫁いで、北満の人家もまばらなところで残りの人生を歩んでいたようです。番組の最後ではカメラに向って手を振りながら、だんだん小さくなっていきました。その時、〈ここはお国を何百里……〉と歌（『戦友』）を唱っていました。日本語を忘れてしまいそうだから、この歌だけは日本語で暗記しておこうと一生懸命覚えていたそうです。この方の姿を忘れることが出来ません」

アメリカと中国の合意で葫蘆島と大連を引揚げ港に指定してからは、満州各地で日本人を詰め込んだ無蓋の石炭貨車の列が葫蘆島に向かった。乗れたのは幸運で、二カ月、三カ月と徒歩でたどり着く人も少なくなかったという。

コレラ、チフスが発生する。その集団は帰国中止になるから、亡くなった患者を秘かに埋め、発生を隠蔽《いんぺい》した。やむを得ないことだった。

中国人への評価は割れている。

「暴徒化して襲われたこともあったが、日本人難民を親切に泊めたり食べ物を与えたり、救ってくれた中国人もたくさんいましたね」

という。

とにかく、葫蘆島が近づき、海が見えると、

「日本に帰れるぞーっ」

とみんな歓声をあげた。しかし、それからも大変だった。疲労の極に達し、到着と同時に息絶える人があちこちに出た。引揚げ船を目前に、衰弱して体が動かなくなる人もいる。

「歩けない人は置いて行くしかない。生木《なまき》を裂くようで悲惨の極みだったが、仕方なかった。そんな人たちが道端に点々と残るんですから。いま思っても、やりきれない」


「戦争を知ってもらいたかった」


映画は当時の数少ない記録写真、フィルム、日・米・中に残された資料と関係者の証言によって、移送大計画の内情を検証していく。

制作に協力した葫蘆島市人民政府の張東生市長、呉登庸党書記は、

「史をもって戒めとし、ともに未来をつくろう」

と呼びかけたという。史は歴史、事実を知ることなしには、何も始まらないということだ。

制作者の国弘は、

「すでに戦後生まれの方々が日本人の三分の二に達している。戦争を知らない人たちに、戦争

とはどんなものか、それによって市民がどう難民化していくのか、どう死に、どう生き残っていくのかを知ってほしかった」

と語っている。

映画の締めくくりでは、いまの葫蘆島で中国の若者にも問いかけていた。

「日本人の引揚げは？」

やはり、

「知らない」

がほとんど。

初老の男性は、

「日本軍の残虐な三光政策（殺光・殺しつくす、焼光・焼き払う、搶《そう》光・略奪しつくす）は絶対に忘れないぞ」

と声を張り上げたが、引揚げ事情はご存知ないようだった。

27 「満州ブーム」と継承責任

周期的に満州ブームがやってくるのはなぜなのか。この興味深いテーマに、最後に触れておきたい。

以前にも紹介した（176頁）満鉄会最後の留魂祭（二〇一二〔平成二十四〕年五月十五日）で、松岡満寿男会長が読み上げた祭詞の中にも、

「わが満鉄会は組織を改めて活動を縮小しますが、一方で、マスコミ、学界等多くの分野で満鉄を多面的に研究し、紹介する動きが活発になっています」

というクダリがある。

満鉄はいわば象徴的な存在で、満州全体に対する興味が膨らんでいる。昨今は何度目かの満州ブームといっていい。

ブームのもとをたどっていくと、一つ注目されるのは、敗戦から十八年たった一九六三（昭和三十八）年、特異な中国研究家として知られる竹内好《よしみ》（一九一〇〔明治四十三〕～七七〔昭和五十二〕年）が発表した「満州国研究の意義」という論文である。

竹内はこの中で、

〈日本国家は「満州国」の葬式を出していない。口をぬぐって知らん顔をしている。これは歴史および理性に対する背信行為だ……〉

等と書いた。

激しい指摘で、その印象は強い。戦争責任が議論はされても、国としての統一的結論を避けているのと同じである。だが、葬式を出すのが難しい作業であることも確かだった。

日本国だけでなく、満州で生きた多くの日本人にとって、忘れ難い土地である一方、忘れたい体験でもあった。口をぬぐって、というほど意図的に逃げているのではない。

満州侵略とロマン

満州研究の労作の一つに、前に触れた『キメラ～満州国の肖像』（一九九三年・中公新書）がある。著者の山室信一京都大学人文科学研究所教授は、竹内論文に触発されて筆をとったという。葬式を出そうとする試みである。

山室は、「傀儡国家・満州国」と「理想国家・満州国」という二面性の狭間で評価は定めにくく、ギリシャ神話の怪物キメラを登場させた。

〈満州国を頭が獅子、胴が羊、尾が龍というキメラと想定してみたい。獅子は関東軍、羊は天皇制国家、龍は中国皇帝および近代中国にそれぞれ比すが、そこにこめた含意は論を進めていくうちに明らかになっていくと思う〉

と書いている。怪物になぞらえているのは、それだけ正体を掴みにくいからにほかならない。

満州国で岸信介の上司だった星野直樹（一八九二［明治二十五］～一九七八［昭和五十三］年）国務院総務庁長官（事実上の首相）が、

〈多くの日本人を満州に引っ張ってきたのは、決して私欲ではない。名誉でもない。新しい天地を開き、新しい国づくりに参加せんとする純粋な心持ちであった〉（著書『見果てぬ夢～満州国外史』一九六三年・ダイヤモンド社）

と書き残しているのも、実相の一面である。

また、キリスト教社会運動家の賀川豊彦（一八八八［明治二十一］～一九六〇［昭和三十五］年）は、渡満のあと、

「日本が行った侵略のうちで、満州国だけはロマンを持っています」と述懐したそうで、こういう実感も否定しようがない。

最近になって、文豪、夏目漱石（一八六七［慶応三］〜一九一六［大正五］年）が、一九〇九（明治四十二）年十一月五日、六日、大連で発行されていた邦字新聞『満州日日新聞』に、〈韓満所感〉と題して寄稿した随筆が見つかった。漱石が親友の満鉄総裁、中村是公《よしこと》（通称「ぜこう」一八六七［慶応三］〜一九二七［昭和二］年）の招きで、この年九、十月、満州、朝鮮各地を旅行した時のものである。

〈歴遊の際感じた事は、余は幸にして日本人に生まれたと云ふ自覚を得た事である。内地に跼《きょく》蹐《せき》（肩身が狭く世をはばかって暮らすこと）してゐる間は、日本人程《ほど》憐《あわ》れな国民は世界中にたんとあるまいといふ考に始終圧迫されてならなかつたが、満洲から朝鮮へ渡つて、わが同胞が文明事業の各方面に活躍して大いに優越者となつてゐる状態を目撃して、日本人も甚だ頼母《たのも》しい人種だとの印象を深く頭の中に刻みつけられた。

同時に、余は支那人や朝鮮人に生れなくつて、まあ善かつたと思つた。彼等を眼前に置いて勝者の意気込を以て事に当るわが同胞は、真に運命の寵児《ちょうじ》と云はねばならぬ〉

と漱石はあからさまだ。満鉄開業二年後のことだ。執筆の最中に、伊藤博文初代韓国統監（元首相）がハルビン駅頭で射殺され、その号外が出たことにも随筆は触れている。満州国建国はさらに二十二年あとだ。

漱石は開発途上の満州、朝鮮を見聞して、新天地を見たと思い、一文をしたためる気分になったのである。日本人に生まれてよかった、というニュアンスの記述は相当な思い入れだった。文豪の目は、当時の息吹きのようなものを正確にとらえていたのだろうが、差別的な表現は多少気になる。第一次世界大戦中の一九一六（大正五）年に漱石は死去し、その後の満州の苦行と崩壊を見ることがなかったのは幸いだったのかもしれない。

戦後世代が伝える「満州」

満州ブームに話を戻すと、先の山室信一は一九八九（平成一）年に〈最後の「満州国」ブームを読む〉という論文を月刊誌『中央公論』（六月号）に書いている。なぜ〈最後の〉としたかについて、山室はのちに、

「基本的に直接関わった生存者が亡くなって、体験記の時代は終わったように思った。また、中国での史料公開が始まることで、戦後の日本人が自らの物語としてだけ語ってきた満州論は、

終わったのではないか。これからは近代のアジア史や世界史の一コマとしての満州国が語られていくのではないかという予感があった」

と語った。『キメラ～満州国の肖像』は最後のブームの墓標のつもりだったという。つまり葬式を出そうとしたのだ。

しかし、最後にならない。二〇〇〇年代に入ると、戦後世代による満州ブームが起きる。代表例は一九四七（昭和二十二）年生まれのノンフィクション作家・佐野眞一による『阿片王～満州の夜と霧』（二〇〇五年・新潮社）、『甘粕《あまかす》正彦～乱心の曠野』（二〇〇八年・新潮社）の出版だ。阿片王は満州国通信社社長を務め、アヘン密売の総元締だった里見甫《はじめ》、甘粕は大杉栄虐殺事件で知られ、満州映画協会（満映）の理事長である。

佐野と山室は『中央公論』の二〇〇八（平成二十）年九月号で〈満州国と戦後日本の光と影～その連続性と断続を問う〉をテーマに対談している。

満州とは何だったのか。佐野は、

「近代日本最大の妄想の産物だと思う。しかし、そこには新幹線のプロトタイプとなる特急〈あじあ〉号が走り、集合住宅も建てられ、戦後の歴史となるものがいくつもみられる。戦後の高度成長はこの失われた満州を日本国内に取り戻す壮大な実験ではないかという一つの仮説を立てた」

という。

山室も一九五一（昭和二十一）年生まれだが、「私たちには戦争体験も、満州国という体験もない。にもかかわらず、戦後日本を視野に入れながら、それを語り伝えていかなければいけない世代的な継承責任は大きいと思う」と〈最後のブーム〉論を修正している。ぜひともそう願いたいものだ。

私は満州で生まれてから敗戦後、引揚げるまで十一年四カ月を過ごした満州二世である。満州国の寿命の十三年五カ月よりも少し短いが、これまでの人生（七十七年）の七分の一弱でしかない期間が非常に濃密なのは、私たちの幼少時代、日常的に口ずさんだ満州唱歌〈わたしたち〉の歌詞等にも感じられる。

寒い北風吹いたとて
おじけるような
子どもじゃないよ
満州育ちのわたしたち

極寒の地と美しくエキゾチックな街が終生忘れ難い。だが、もっと強烈なのは〈敗戦〉を挟んだ一年半の異常体験の数々だった。

二〇一二（平成二十四）年十月、東京のホテルで催された小学校（大連市立嶺前小）の同窓会の席で、同級生が、

「いまの私があるのは、戦後の大連で生き抜いたおかげだなあ。どんな苦しいことがあっても、あの時以上のものはないから」

と、しみじみ語るのを聞いた。

内地（日本本土）でも戦争の苦しみは同じだったが、敗れたあとも異国で生存の危機にさらされたところが決定的に違う。戦争は何としても避けなければならない。

だが、もっと避けなければならないのは敗北の悲惨である。

さて、何度目かのブームがやってきた。昨今、満州本の発行が相次いでいる。以下に紹介しておきたい――。

神奈川新聞社編集局報道部編『満州楽土に消ゆ～憲兵になった少年』（二〇〇五年八月刊・神奈川新聞社）

藤田賢二著『満州に楽土を築いた人たち～上下水道技術者の事跡』（二〇一一年一一月刊・日本

水道新聞社）
田村幸雄著『葫蘆《ころ》島からの脱出～幻想の器だった満州』（二〇一二年七月刊・ミヤオビパブリッシング）
天野博之著『満鉄特急「あじあ」の誕生～開発前夜から終焉までの全貌』（二〇一二年七月刊・原書房）
東京の満蒙開拓団を知る会著『東京満蒙開拓団』（二〇一二年八月刊・ゆまに書房）
大島幹雄著『満州浪漫～長谷川濬《しゅん》が見た夢』（二〇一二年九月刊・藤原書店）
「満州浪漫」は異才・長谷川濬《しゅん》らが満州で発行した文芸総合雑誌だった。
そして、秋原勝二著『夜の話～百歳の作家、満州日本語文学を書きついで』（編集グループSURE）。
秋原の名は本文に二度登場している。
秋原は一九一三（大正二）年、福島生まれの満百歳、早く両親を亡くし、七歳で長姉夫婦を頼って渡満、満鉄に勤めた。一九三二（昭和七）年、大連で発行された同人雑誌『作文』に参加。戦後も今日に至るまで編集を手がけてきた。同書に収録された小説九本は、ほとんど戦前戦後の『作文』に発表したもので、〈満州の苦悩する日本人〉がモチーフである。
二〇一三年一月一日発行の『作文』第二百五集が手元にある。中に秋原の作文ノート〈「満州」

とはなんだったのか〉の一文。

〈日本国を悲運にみちびいた満州の土。日本人が壮絶な実験を試み、血しぶきを浴びて失敗した歴史。それはゴミではない。中身には血塗れの未来の鉱脈が眠っている。

そこには民族の盛衰と領土争奪の絡みあう深遠がある。日本人は、民族問題の行手を凝視し、そこから普遍性の高い人間性を学び解く鉱脈をすでに手にしているのだ。欠陥は、日本の未来を背負う若者が、満州を理解しないこと。教育が何も教えないようにしているからだ。重大な手落ちだ……〉

と。

満州の興亡史から学べ、と老作家の秋原は訴えている。

鉱脈が何かは必ずしも明瞭ではないが、日本と日本人が国のハンドリングに迷った時、数奇な運命をたどった〈満州の実験〉を想起し、ブームがめぐってくるのではなかろうか。

あとがき——平和論をめぐって

虫の知らせだったのかもしれない。そんなことを言ったことのない連れ合いが、

「満州の本、まだなの」

と催促したのが五月初めである。

早くみなさんにお届けしたほうが……、というニュアンスだった。私も同じ気分になっていた。出版をお願いしている原書房編集部に問い合わせると、

「枚数が少し足りない、どなたかと巻末対談というのはどうでしょう」

という返事だった。

私はすぐに、

「作家の藤原作弥さん（元日銀副総裁）にお願いしたい」

と提案し、その方向で、ということになった。藤原さんは同世代の満州生まれ、満州回想のご本なども書かれているので、お願いの電話をするつもりにしていた。

その矢先だ。肝臓の末期ガンがみつかり、即日入院したのが五月二十二日、翌二十三日緊急手術、余命知れない入院生活に入った。幸い手術は成功し、とりあえず筆を執れるくらいの気力を保っている。

しかし、

「対談を病院で、というわけにもいかないから、薄い本になるかもしれないが、出版に踏み切ってほしい」

と無理をお願いした次第だ。

収録したのは、月刊「リベラルタイム」に二〇一一年一月号から二十七回連載したもので、連載中も、藤井裕久《ひろひさ》さん（元財務相）、堤《つつみ》堯《ぎょう》さん（元「文藝春秋」編集長）ら多くの方々から、

「読んでるよ」

と励ましの声をかけていただいた。藤井さんも堤さんも同じ戦争をくぐった世代である。満州が気にならないはずはない、と私は思った。しかし、体験的に満州を知る人たちは高齢化とともに次第に減り、あと十年やそこらでこの世からほとんど消えてしまう。

昨年来、私は満鉄会、大連会、嶺前会（大連の小学校の同窓会）などに小まめに出席した。いずれも高齢者ばかりで、大盛会、しかしすべて締めくくりのお別れ会だった。満州関連人

種は確実に終焉を迎えつつある。

関連人種といっても一様ではない。満州ロマンに生きたころの懐かしさだけが先にたつ人、あの満州時代は何だったのか、つかみ切れないまま戦後を送った人。〈怒りと憎しみの満州〉をバネに生き抜いてきた人、それらすべてが入り混じった〈得体の知れない満州〉を抱え込んだ人、さまざまである。

私も本書の出だしになっている日本への引揚げ（一九四七年）から六十六年余、折に触れ、満州とは、と問いかけてきた。

特に政治記者になりたてのころ（一九六六年）は、在外財産の補償問題を取材し、戦後二十年もたっているのに満州だけでなくシベリア抑留者ら海外からの帰還者の処遇に対して、日本政府が不熱心、怠慢であるのに憤りを覚えた記憶がある。

この一事をもってしても、満州問題は戦後の為政者にとって、あるいは国民感情からも、触れたくない、避けて通りたい、忘れたい対象であることが伝わってくる。〈負の遺産〉としての性格づけだ。それを否定しようとは思わないし、否定する必要もない。

だが、〈負〉の衣だけで満州を包んでしまうのが正しいのだろうか。別の衣が何枚かあるように思えて仕方ない。

〈満州〉という二文字から私たちは何を連想するだろうか。

真っ赤な太陽が地平に沈む大陸満州、果てしなく続くコーリャン畑、アカシアの大連、満人、巨大ビジネス・満鉄、超特急あじあ号、五族協和、暴走する関東軍、満州事変、傀儡《かいらい》国家・満州国、「満州国の産業開発は私の描いた作品」と言ってはばからなかった岸信介、強烈な満州人脈としての「二キ三スケ」、満蒙《まんもう》開拓団、引揚げという民族移動……、そのどれを通して光を当ててみても、満州は違った照り返しを見せるのだ。どれも間違いでなく、全体像でないだけである。

いま求められているのは、そうした〈歴史のなかの満州〉を、あらゆる角度から検証・分析し、日本と日本人の地政学的、国際政治的、民族的特性を正しくつかむことだろう。正しく、とはプラス、マイナス両面ということであり、〈負〉の評価だけに安易に逃げ込むのは、次の失敗につながることを忘れてはならない。過少評価も過剰評価も避け、日本と日本人の利点と優秀性、弱点と劣悪性に正面から向き合うことだ。

今日本は二十一世紀という複雑な国際社会のなかで、どう生き抜くか、呻吟《しんぎん》している。教訓として汲み取るのに、二十世紀前半の満州ほど貴重な素材はない。あのころ、米中露三大国のせめぎ合いのなかで、新興国・日本が狙い撃ちされ、こずき回され、ストレイシープ（迷える羊）になって暴走、壊滅した。いったん亡国の淵に立ったことを忘れてはならない。

敗戦後、直ちに米ソの覇権争いが起きて救われたものの、米ソによる日本列島の分割統治もありえたのである。

さて、敗戦を境に、旧満州国が十三年の短い寿命で消滅して以来、戦後の六十八年、日本はゆるぎない歩みを遂げてきただろうか。ゆるぎない、とは到底言えないと私は思う。綱渡り的、惰性的な国家経営であり、しいていえば強運に恵まれた。

敗戦を機に、透徹した国家戦略がじわじわと練り上げられていったのではなかったのだ。折々の判断と実行は、ひとつひとつ取り上げてみれば間違っていない。吉田茂首相がサンフランシスコ講和条約と日米安保条約を同時に結んだ（一九五一〔昭和二十六〕年）のは、ほかに選択肢がなかったという意味で正しかった。しかし、それは日本の独立をもたらすと同時に、軍事上の対米従属という新たな日米関係の出発でもあった。

当時、国をあげて喜ぶような空気ではなかった。

政府が何を意図したのか、今年（二〇一三年）になって〈主権回復の日〉の式典を実施、沖縄県民などが猛反発したのをみても、〈独立〉が日本人の血肉となっていない不幸と知ることができる。

講和と安保をめぐって、〈富国軽武装〉という言葉がはやった。安全保障は米国に頼っているのだから軍事費は少なくてすむ。その分、国を繁栄させ、富を増やす、という論法だった。

〈安保ただ乗り論〉などと自虐的にも言われた。

そんな虫のいい話がいつまで続くのだろうか、と考えるのが正常な感覚だが、実際は違ったのだ。〈富国〉にだけ目を奪われ、所得倍増論を駆け抜け、経済大国（一時は世界第二位、いま三位）の地位を手に入れるところまでいった。日本人のエネルギーと猪突猛進型のがむしゃら精神が奏功したとしても、朝鮮戦争、ベトナム戦争などの軍需景気と米ソ対立による西側の結束という、いわば安定した経済圏が用意されていたのである。

〈軽武装〉の方は都合よく意識の外に置かれ、日米同盟こそ安全保障の基本、という観念的な位置づけだけで、戦後の日本は小器用にしのいできた。しかし内実は対等の同盟関係ではなく、米国の世界戦略に沿った軍事網のなかに自衛隊はすっぽり組み込まれている。つまり従属であり、高密度の沖縄米軍基地群がいまもそのシンボルである。

最近になって、日本国内では、

「米国も自分がいちばん大事なんだから、いざとなったら助けにきてくれないのではないか」

とか、

「いや、在日基地という人質をとっているのだから、米国も日本を見捨てるわけにはいかないだろう」

など以前から聞かれた〈安保乞食論〉のようなことが声高に言われはじめた。

中国の軍事大国化と海洋進出が異様なことに映り、北朝鮮による核・ミサイル開発の脅威も重なって、日本を取り巻く安保環境の劣悪化にあわてている。

しかし、ではどうしたらいいのか、という議論につながっていかない。なぜなのか。戦後七十年、平和・安全の意味を手につかみ取るように実感することもなく、惰性的な安保観のなかに逃げてきた結果、というほかに言いようがないのだ。

〈平和主義〉をお経のように唱えてきた政界、マスコミ、世論、有識者の一部はいま何を考えているのだろうか。主義で平和が守れるはずもなく、それは憲法九条改正論につながるが、後述する。

戦後七十年を振り返る時、私には日清・日露戦争に幸か不幸か勝利してから一九四五年の敗戦に至るまでの半世紀が重なって想起される。日清・日露の戦勝に慢心し、列強に伍して国威を発揚しようとした明治期の指導者の軍国主義一点張りがいけなかった。軍事力抜きには近代国家の仲間入りができないという考え方は避けがたいものだったとしても、他国が脅威に感じるほどの性急さが、いまにして非常に気になる。ここにも、がむしゃら主義が顔をのぞかせる。

特に、満蒙進出を国策の中心に据えだした一九二〇年代、日本軍部のなかに広がった思想は異常だった。関東軍参謀で軍きっての哲学的理論家といわれた石原莞爾が日米戦争の必然性を確信したのは、一九二七（昭和二）年ころといわれ、真珠湾攻撃（日米開戦）より十四年も前のことである。まもなく、石原の論文〈日米戦争と世界最終戦論〉が作成された。日米が戦うことによって東洋の平和、ひいては世界の平和が実現し、それが最終戦争になる、そのためにはまず満蒙を領有しなければならない、という理論である。

まるで神がかりのような、世界地図を無視した暴論と思えるが、当時の軍部では聖戦の精神的拠りどころとして信じられていたらしい。それは〈鬼畜米英〉〈撃ちてし止まぬ〉などの戦争スローガンにつながっていく。

ひるがえって戦後、〈富国軽武装〉路線は石原の〈世界最終戦論〉と似ている。両論とも内部に重大な矛盾を抱えながら、国家そして多分国民も時勢に沿うかのように、信じてしまう恐ろしさである。ことに〈富国軽武装〉は、耳ざわり良く響いた。加えて、戦争放棄の平和憲法が後押しした。だが、軽武装は軽いだけでなく対米従属がむしろ本質であることから目をそむけようとしてきたキライがある。

折々の判断と実行に戻すと、鳩山一郎首相は病《やまい》を押してモスクワを訪れ、日ソ国交回復を成し遂げた（一九五六［昭和三十一］年）。サンフランシスコ講和体制から抜け落ちたものを補完する外交成果として評価していい。

鳩山は憲法改正と再軍備も唱え、〈自主独立〉の路線を主導しようとしたが、保守合同（一九五五［昭和三十］年）後の自民党内において主流になれない。〈富国〉が習い性になっており、米国もそれを喜んだ。

鳩山路線を引き継ぎ、さらに一歩を進めようとしたのが岸信介首相による一九六〇（昭和三十五）年の日米安保条約改定だった。旧条約が対米依存の片務的な規定になっているので、双務的な条約に改めようとするもので、日米軍事同盟の質的な転換を意味した。異存があるはずがないと思われたが、国内は反対運動で騒然となり、岸首相は自衛隊の治安出動を検討しなければならないほどだった。

当時、私は毎日新聞大阪本社の中堅社会部記者で、たまたま女房の出産のため実家の甲府市に連れ帰る途中、東京の渋谷を通過しようとすると、デモの渦で身動きできない。

〈日本は変わるのかな〉

と予感した覚えがある。

だが、デモ渦中の東大生、樺《かん》美《ば》智子の死（六〇年六月十五日）が転機になる。反安保より反岸の火が燃え盛り、グアムまで来ていたアイゼンハワー米大統領は訪日を中止。岸は条約改定を強行採決したあと退陣した。

岸にとって、戦争遂行の責任者（東條内閣の国務相で軍需次官［軍需相は東條が兼務］）であり、戦後A級戦犯容疑で逮捕・拘留（三年三カ月で釈放）されたことが不幸となった。国民は岸嫌いで、昭和天皇もお嫌いだった。のちに宮澤喜一首相が、

「あれで戦争は終わった」

ともらすのを聞いた。リベラル派からみると、岸のような人物が徘徊しているのは戦争の継続と映ったのだろう。

退陣からしばらくして岸にインタビューした時、

「安保改定が正しく評価されるには五十年かかるかな」

と私に言った。五十年目の二〇一〇年はすでに過ぎている。岸の安保改定が不当で国益に反したという主張はいまどこにもない。では、国を挙げたようなあの反安保の騒動は一体なんだったのだろう。

岸は〈富国軽武装〉を排し、政治主義に徹しようとした。〈自主独立〉路線である。岸の政治スケジュールには安保改定のあと憲法改正が設定されていた。九条改正によって自前の陸海空軍を保持し、交戦権を持つことである。独立国家の形を整えることにほかならない。

しかし、国民はすでに平和ボケに陥り始めていた。戦力不保持の憲法を誇り高く掲げることでこそ、日本の平和ひいては世界の平和が維持される、と本気で訴える保守勢力内のリベラル派も少なくなかった。さらに、〈自主独立〉路線を支持する勢力のなかには、それが戦前に満

州経営や戦争を指導した岸信介によってすすめられることに抵抗を覚える人がいて、これは不幸な歴史の巡り合わせだった。

岸が挫折し、政権が池田勇人《はやと》首相に移ると、〈自主独立〉路線は後に押しやられ、〈富国軽武装〉が復活、所得倍増が政権の目玉政策になった。池田のあとを継いだ佐藤栄作首相も同じレールの上を走る。佐藤が手がけた沖縄施政権返還（一九七二［昭和四十七］年）については、しぶとい対米交渉は多とするが、それはサンフランシスコ体制の調整をめぐって、日米の利害が一致した結果でもあった。米国は日米同盟の緊密化のなかで、沖縄の施政権継続に執着する必要はなく、むしろ返還したほうが基地維持費の削減になる利点があった。だからといって沖縄米軍基地はいささかも軽減されたわけではなく、

「沖縄が返らなければ、日本の戦後は終わらない」

という佐藤首相の政治スローガンが満たされただけという見方もできたのだ。

ついで、田中角栄首相が登場する。断行型の田中らしく、就任と同時に電光石火、日中国交正常化をやり遂げた（一九七二［昭和四十七］年）。自民党内の根強い台湾擁護派を抑えてのきわどい決断だった。

田中の北京入りに私も随行記者団の一人として同行し、歴史的なドラマの現場を目撃することができた。

満州を離れて日本に引揚げてきてから二十五年余。日中が再び握手する日がついにやってきたという感慨はひとしおである。しかし、付き添ってくれた中国人の老通訳に、私が大連生まれであることを告げると、

「それは言わないほうがいいですよ」

と忠告された。国交回復という政治的決着はできても、民族的和解は容易なことではないのだろう。

田中首相一行が帰国してから、交渉実務を担当した大平正芳外相と懇談する機会があった。大平は、

「やるかやらないかでなく、やらなければならなかったんだ。日中復交に踏み切らなければ、日本がもたない。いわんや田中新政権なんてそれで終わりだ。だから、おれは遺書を残し、帰れないことも覚悟して北京に出かけたんだよ」

と悲壮な決意が秘められていたことを明かし、私を驚かせた。前年、ニクソン米大統領による頭越しの米中和解が実現しており、これ以上の逡巡《しゅんじゅん》は国際社会からの日本の孤立に直結していく情勢だったのだ。

しかし、これまた見方を変えれば、サンフランシスコ講和体制の補完作業だった。講和から約半世紀をかけ、ソ連（現ロシア）、韓国、中国の近隣諸国とのお付き合いを再開したことになる。

敗戦国がたどる避けがたい道程といっていい。

田中による野人外交は興味津々ではあったが、冒険をしたわけではない。日本列島改造計画を掲げ、田中流の〈富国軽武装〉のレールを走ろうとしたが失敗した。田中のあと、岸の弟子の福田赳夫《たけお》首相は、日中平和友好条約を締結（一九七八［昭和五十三］年）した以外、〈全方位外交〉を唱えたぐらいで、何もしていない。

以来、今日まで出色は中曽根康弘首相一人である。外交巧者の中曽根は、レーガン米大統領との間で、戦後もっとも濃密な日米の信頼関係を作ることに成功した。いわゆるロン・ヤス関係だ。

中曽根は同時に〈自主独立〉路線に沿い、憲法改正、再軍備、さらに日米安保体制の再調整を意図したが、世論が味方しなかった。一部マスコミによる〈タカ派〉というレッテル貼りが功を奏した面も軽視できない。

こうみてくると、戦後政治に二つの流れがあることがわかる。一つは、吉田茂を源流とする経済主義、〈富国軽武装〉路線の系譜だ。池田勇人、佐藤栄作以下、ほとんどの首相が吉田レールに組した。もう一つが、鳩山一郎～岸信介～福田赳夫～中曽根康弘と続く、政治主義、憲法改正による〈自主独立〉路線の系譜。二つの流れは交わることなく、だからといって強引にしぶとく押し切ろうとするでもなく、バランス主義とポピュリズム（大衆迎合）を両手に、激変を避けてきた。結果的にあいまいな国家経営・外交路線の国、というジャパン・イメージが定着することになった。これは新たな危機の始まりかもしれない。

吉田、佐藤を支える重鎮だった保利茂が衆院議長の職（一九七六～七九［昭和五十一～五十四］年）にあったころ、

「保守本流はサンフランシスコ講和条約、日米安保条約、平和憲法が三本柱です」

と言いながら、そういう趣旨のことをしたためた吉田茂からの書簡をみせてくれたことがあった。本流か傍流かの仕分けはともかくとして、保利の三本柱は〈富国軽武装〉と同義である。最近、私はつくづく思う。戦前の日本は失敗した。戦後の日本は成功したのだろうか。これでよかったのだろうか。保利のような確信的保守主義者がにらみを効かし、廃墟からの立ち上がりを見届けようとしたのはよくわかる。だが、それは、東京オリンピック（一九六四［昭和三十九］年）ころまでがひとつの区切りだったのではなかろうか。

足元が固まったところで、指導者は内外の変化を見据えながら長期的な国家経営戦略を練り上げる作業に着手すべきは当然である。ところが、歴代首相は既設レールの上しか走ろうとしなかった。それが無難で楽だからである。自民党の長期一党支配による政治の硬直化、おごりも、新鮮な発想を妨げたのだった。

たとえば、佐藤栄作は、

「自分の国は自分で守る気概を……」

と国会の壇上から何度も訴え、国家新戦略のヒントを思わせたが、何を意図したものか、実体を伴わなかった。

戦後三十三人の歴代首相の評価はさまざまな角度から可能だが、おしなべてスケールに乏しく、戦略性、思想性に欠けていたように思われる。

ダイナミックにギアを切り替えようとすれば、反動も大きく、そこから新たな発想が生れる、といったことが起りうるのだろうが、それがなかった。結果として、いまこの国はおびただしいほどの綻《ほころ》びに悩まされているが、ゴミ収集のような話で、ゴミが出る根を断つ先見的な戦略を持ち合わせていなかった。いや、いまもいないのだ。

だが、例外は岸信介である。先述したように戦争遂行の影を背負い、いまも不人気が続いているが、岸はもともと強烈な信念型の首相であり、独自の国家ビジョンを持ち、実行に移そうとした。

戦後の首相のなかで、満州とかかわった唯一の人物である。岸は満州経営のノウハウを戦後の日本に持ち込んだ、という見方が一般化しつつあるらしいが、岸のなかで満州官僚を務めた三年間と戦後の政治家人生がつながっているのは当然である。

しかし経営のノウハウというより、むしろ、岸は満州でリーダーとは何をやるべきか、目的を果たすためにどう権謀術数《けんぼうじゅっすう》を駆使するかを体得し、戦後に生かしたのではないか、と私は思っている。満州は岸にとって〈リーダー開眼〉のかっこうの舞台だった。

安倍晋三首相の母親・洋子（晋太郎元外相夫人、父が岸信介）は、三年前にインタビューした時、父を訪ねて、夏休みに二度満州旅行をした楽しい思い出（当時小学生）を語ったあと、

「父は主人よりいろいろな点で優れていましたから（笑い）。いまの政治家を見ると、だんだん昔のああいう人たちが少なくなっちゃったんじゃないかと。なにか皆小粒というか。本当に考えるべき大事なことを、どう思っているのかしら」

と思い切ったことを語った。父への尊敬心の一方で昨今の批判を試みたのである。孫の安倍首相は〈いまの政治家〉とは別格なのか。

安倍は祖父の流れを汲む〈自主独立〉路線の継承者として再登板したことは間違いない。信念型のリーダーという共通のDNAを持ち合わせている。しかし、同じビジョン・戦略のもと同じ政策を展開するのでないのは当然である。

約半世紀前、岸は首相就任と同時に、

「中国には触《さわ》らない方がいい」

と言いながら、戦後初めて精力的にアジア諸国を歴訪しインドにまで及んだ。当時、新大東

亜共栄圏構想、新アジア外交、南下政策などと言われたが、中国を敬遠したのが特徴である。満州経験からも、巨大な隣国に当面敬遠策をとらざるをえなかった。しかし、退陣後には訪中の機会をうかがったこともある。

安倍が今年展開した積極的な対アジア外交も、岸外交を下敷きにしていると見る向きが多いが、必ずしもそうではない。すでに中国封じ込め外交のレッテルが貼られているように、中国を除外して周辺国を丹念に訪問したのは確かである。だが、米国と肩を並べはじめた超大国を封じ込められるはずもない。中国とどう付き合うかは、二十一世紀の日本の国家経営戦略を固めていくうえで、最大のカギの一つである。それは〈封じ込め〉などという単純な選択ではない。

本文の最後（197頁）で、老作家の秋原勝二は、

〈満州の興亡史から学べ〉

と訴えているが、私もそんな気がしている。

ところで、岸と安倍の共通の政治目標は憲法改正である。岸は戦後、もっとも憲法改正に情熱をみせた首相だったが、

「私の目の黒いうちはだめだろう。だけど、これはやらなきゃならん」

と言いながら世を去った。祖父の遺志を継いで、安倍は七月の参院選の争点に憲法改正を掲

げ、国民の判断を仰ごうとしている。岸のころに比べると改正賛成の世論は増えており、現実味を帯びているとみていいのだろうが、機が熟しているのかといえば、そこまでいっていない。

憲法改正慎重派の『朝日新聞』は今年一月十二日付の一面で、若宮啓文《よしぶみ》主筆（その後定年退職）が、

〈「改憲」で刺激　避ける時〉

の一文を書いた。私は強い違和感を覚え、『サンデー毎日』の私のコラム〈サンデー時評〉に、〈安倍晋三首相が憲法九条改正による国防軍創設を打ち出したのが不安の直接のきっかけになっている。私は「自衛隊」というあいまいな呼称を改め、憲法の規定によって正式に〈国防軍〉を認知するのが当然で、遅きに失しているという考えだ……。〉

などと反論した。『朝日』に代表される九条擁護論は、平和憲法のもと戦後約七十年も平和が保たれたのだから、これからも周辺を刺激せずに音無しでいたら、平和は続くに違いないという恐るべき楽観主義を前提にしている。日本人はいつのまにこんな虫のいい、他力本願的な人種になり果てたのだろうか。

私たちの満州体験から得た貴重な教訓は、いかなる形であろうと二度と戦争をしてはならないこと、しかし、もし戦乱に巻き込まれたら絶対に負けてはならないこと、の二つに尽きる。国破れることほど民族にとっての大悲劇はない。ところが、負け戦回避のための考察と備えが

戦後の日本に欠けていた。信じがたい平和馴《な》れである。議論がさらに継続されることを切望してやまない。

本書刊行にあたっては、月刊誌「リベラルタイム」の渡辺美喜男編集長、佐藤由佳氏、原書房の奈良原眞紀夫氏、小峯寿朗氏にお世話になった。心からお礼を申し上げたい。

また、取材にご協力いただいた多くの満州関係者にも感謝を申し上げる。

二〇一三年六月

梅雨の晴れ間、病室から
はるかはかなげな富士山に見とれながら

岩見隆夫

〔著者〕岩見隆夫（いわみ・たかお）
1935年、旧満州大連生まれ。1947年、山口県防府市に引揚げ、中学、高校を卒業。1958年、京都大学法学部を卒業後、毎日新聞社に入社。政治部副部長、サンデー毎日編集長、編集委員室長、編集局次長、編集局顧問などを経て、2007年３月に退社。
現在、毎日新聞特別顧問。政治ジャーナリスト。TBSテレビの「みのもんたの朝ズバッ！」の出演、その他、新聞・雑誌の執筆、講演などで活躍。

〔著書〕『平和日本はどこへ』政治編／国際編／社会編　2007～08年、『演説力』2009年、『総理の娘』2010年（以上原書房）、『政治家』2010年、『非常事態下の政治論』2011年、『安倍内閣』2013年（以上毎日新聞社）、『昭和の妖怪 岸信介』2012年（中公文庫）、『孤高の暴君 小泉純一郎』2006年（だいわ文庫）、『陛下の御質問』2005年（文春文庫）他多数。

敗《はい》 戦《せん》
満州追想《まんしゅうついそう》

●

2013年7月10日　第1刷
2013年9月5日　第2刷

著　者……………岩見隆夫《いわみたかお》
挿　画……………田辺満枝
装　幀……………佐々木正見
発行者……………成瀬雅人

発行所……………株式会社原書房
〒160-0022 東京都新宿区新宿1-25-13
電話・代表03(3354)0685
http://www.harashobo.co.jp
振替・00150-6-151594

本文組版……………有限会社ファイナル
本文印刷……………株式会社平河工業社
装幀印刷……………株式会社明光社印刷所
製　本……………東京美術紙工協業組合

ISBN978-4-562-04932-5

平和日本はどこへ
岩見隆夫著
〈政治編〉戦後レジームは悪いか
〈国際編〉憎悪が憎悪を呼ぶ
〈社会編〉ブレーキが利かない

何事にも欠落感の忍び寄るここ十年の日本を厳しくウォッチしてきた政治コラムニストの第一人者の時代ノート。橋本五郎（読売新聞）氏評＝心の底からの怒りがある。まぎれもなく愛情と感動がある。**四六判・各1890円**

演説力
岩見隆夫著
わかりやすく熱い言葉で
政治不信を吹き飛ばせ

今こそ政治家は志を高く、新時代へのビジョンを語らねばならない。政治ジャーナリスト岩見隆夫が、この国の蘇生に思いを込めて、戦前・戦後の言論活動の原点を語り、演説の復権を訴える必読の書。**四六判・1890円**

総理の娘
岩見隆夫著
知られざる権力者の素顔

戦後から平成へ…鳩山・岸・池田から宮澤・村山・小渕…十一人の元総理大臣の「娘」へのインタビューで描く、政治の表面からは想像できない意外な姿。一味も二味も違う興味津々の総理像。**四六判・1995円**

満鉄特急「あじあ」の誕生
天野博之著
開発前夜から
終焉までの全貌

満州の広野を駆け抜け、八年四ヵ月で消え去った幻の超特急「あじあ」号とは何だったのか。当時世界一流の列車を作り上げた技術者達の活躍…、巨大企業満鉄の真の姿など、知られざる歴史秘話満載。**四六判・2625円**

アフリカの風に吹かれて
藤沢伸子著
途上国支援の
泣き笑いの日々

スーダン、ザンビア、ジブチ、シエラレオネ…仕事の現場は自然界も人間界も想定外の未知との遭遇のカルチャーショック！　オランダで学びアフリカで働いた女性の支援最前線での挫折と奮闘の日々。**四六判・1890円**

（価格は税込）